Elas não são deusas

Martha Rocha

Elas não são deusas

Histórias da carceragem feminina

BRASPORT

Rio de Janeiro

2022

Editor: Sergio Martins de Oliveira
Gerente de Produção Editorial: Marina dos Anjos Martins de Oliveira
Editoração Eletrônica: Abreu's System
Capa: André Hippertt
Ilustrações: André Hippertt

DADOS INTERNACIONAIS DE CATALOGAÇÃO NA PUBLICAÇÃO (CIP)

R672e Rocha, Martha.
Elas não são deusas : histórias da carceragem feminina / Martha Rocha. – Rio de Janeiro: Brasport, 2022.
224 p. : il. ; 14 x 21 cm.

ISBN 978-65-88431-63-4

1. Crônicas brasileiras. 2. Contos brasileiros. 3. Ficção brasileira. 4. Cárcere – mulheres – história. I. Título.

CDU 869.0(81)-94

Bibliotecária responsável: Bruna Heller – CRB 10/2348

Índice para catálogo sistemático:
1. Literatura em português 869.0
2. Brasil (81)
3. Crônicas / História como gênero literário / Historiografia / Autobiografias / Memórias -94

BRASPORT Livros e Multimídia Ltda.
Rua Washington Luís, 9, sobreloja – Centro
20230-900 Rio de Janeiro-RJ
Tels. Fax: (21)2568.1415/3497.2162
e-mails: marketing@brasport.com.br
vendas@brasport.com.br
editorial@brasport.com.br
www.brasport.com.br

In memoriam:

A meu pai Horácio Augusto da Rocha, um feminista sem saber.

A meu irmão Horácio José Mesquita da Rocha, o melhor amigo que a vida me deu.

A Luiz Eduardo Moreira, que aceita e ama a Deusa que existe em mim.

À minha mãe Maria Emília Mesquita da Rocha, presença de amor em todos os dias de minha vida.

À Fátima Regina, irmã e companheira de tantos momentos.

Agradecimentos

Luiz Teixeira Torres e todos os policiais civis que conheci e que de alguma forma fazem parte da minha memória e dessa história.

Ana Christina Faulhaber e Janaina Fernandes Pires dos Santos, Diretoras de Presídio que me mostraram que gestão humanizada e compromisso com a lei podem caminhar juntos.

Prefácio

Conheci Martha Rocha no período em que ela exerceu o cargo de Chefe da Polícia Civil, entre fevereiro de 2011 e fevereiro de 2014. Com o convite para escrever o prefácio deste impactante livro, que eu, apesar de DDA, rapidamente devorei, ela começou por me deixar lisonjeada. Mas com seu livro, Martha acabou por me deixar emocionada – na verdade, aos prantos – e conseguiu o que parecia impossível: me fez voltar a ter esperança na política e na polícia do Rio de Janeiro.

Sou sua fã desde que ela se tornou a primeira mulher a assumir a chefia da Polícia Civil do estado do Rio – na época eu era Secretária Municipal de Fazenda – em fevereiro de 2011. Minha admiração por ela só cresceu com a nossa aproximação depois que assumi a difícil tarefa frente à UPPSocial – programa de desenvolvimento urbano, social e econômico das favelas sob regime de pacificação da polícia – em agosto de 2012. Mulheres éticas e eficientes em cargos de chefia sonhando com um mundo mais justo num mundo machista e corrupto como é a política, especialmente por aqui. Martha sobreviveu. É mesmo resiliente. Assim como Torres, Lopes e Leônidas e a delegada "cascuda", amiga do Torres, Delegada

Titular da Delegacia de Mulheres, policiais que Martha nos apresenta no livro.

Fiquei mais próxima dela durante a campanha para prefeita do Rio em 2020 e nos aprazíveis almoços e telefonemas que mantemos com uma certa frequência desde então. Martha é ainda boa contadora de casos. Ela narra no livro – com sensibilidade, destreza, humor e sem qualquer preconceito – a história de nove detentas. Diana. Adrianinho. Minerva. Afrodite. Sirena. Ceres. Erínias. Fortuna. Gaia. "ELAS NÃO SÃO DEUSAS. Mas, como todas nós, elas só trazem consigo a esperança, sentimento que acompanha a todas as mulheres, mesmo nos momentos de maior tristeza e desilusão".

Martha é sensível, generosa, dedicada e entregue como uma boa mãe aos seus filhos. Sorte de nós cidadãos, especialmente cidadãs, do estado do Rio de Janeiro, pelo qual Martha já é deputada pelo segundo mandato.

"As histórias dessas mulheres de algum modo me fizeram pensar na minha vida com minha mãe e minha irmã. Sempre pensava na mãe das presas. Me doía pensar na dor dessas mulheres que visitam seus filhos e filhas. Nunca vou esquecer das filas enormes, das crianças rodeando Seu Lopes, do jeito humilde daquelas mães que visitavam seus filhos. As mães são sempre capazes de grandes gestos. Na fila de espera elas estavam sempre olhando para baixo, um misto de dor e resiliência, nunca criavam problemas, tinham sempre medo de que algo pudesse prejudicar seus filhos ou filhas. **Mãe é mesmo algo sublime. A força e o amor contido nessas mulheres é algo que não podemos descrever apenas**

sentir. Já contei que nunca de verdade quis ser mãe. Hoje acho que sempre fui autocentrada. Meu irmão diria que esse é um jeito suave de dizer egoísta. Acho que ele tem razão, só quem é capaz de amar o outro mais do que a si mesmo pode viver intensamente a maternidade. Eu não sou essa mulher. Sempre pensei muito, conhecia bem meus limites, o que me fazia ser muito mais disciplinada e dedicada.

Nas regras de uma família portuguesa e tradicional, talvez meu futuro e de minha irmã fosse outro. Mas Deus coloca as pessoas no lugar certo, basta que a gente consiga entender os caminhos da vida".

Martha, como ela mesmo se define, é "daquelas pessoas que pouco se lamentam. Não é otimista, mas verdadeiramente pragmática. Prefiro me apegar a tudo de bom que a vida me deu. O resto prefiro esquecer. Memória não pode ser uma algema do sofrimento. Ela existe para esquecer aquilo que não é possível mudar e para preservar o que há de bom".

Obrigada Martha por me fazer voltar a acreditar num futuro mais transparente, ético, justo, verde, humano, feminino. Sem preconceitos. Nem contra as mulheres, contra os negros, imigrantes, gays, trans, LGTBQI+, tampouco contra a polícia. Dá para sermos um Rio melhor para todo mundo. Não deu tempo para a juventude dos nossos filhos e sobrinhos, quem sabe para a dos nossos net@s?

Eduarda de La Roque

Apresentação

Sou suburbana, cria do bairro da Penha, filha de portugueses donos de padaria. É dessa forma que gosto de me apresentar. Sou uma pessoa comum, dessas que você encontra a todo instante. A única diferença é que sou uma "contadora de casos", hábito que adquiri na Polícia Civil, depois de uma longa jornada de plantões em delegacias policiais.

Minha história na Polícia Civil começa em 1983, quando, aprovada em concurso público para Escrivão de Polícia, ingresso na carreira policial. Passados sete anos e já totalmente seduzida pela função policial, faço outro concurso público, desta feita para Delegado de Polícia. E, assim, lá vou eu viver com a Polícia Civil minha história de amor que deu certo.

Quando eu já me sentia velha para novos desafios, sou surpreendida com o convite para ser Chefe da Polícia Civil. Durante algum tempo muitos me perguntavam o que era ser a primeira mulher a ocupar este cargo. Confesso que em muitas vezes esta pergunta me aborrecia. Afinal, eu tinha 28 anos dedicados à carreira policial. Quando me indagavam se eu não tinha medo, sempre respondia que minha família é composta de mulheres fortes. Como exemplo, falava de minhas avós, que criaram seus filhos praticamente sozinhas, sem o apoio dos maridos. Um, a Guerra de Salazar convocou. O outro, o Rio Tua afogou.

Os anos de chefia foram exclusivamente dedicados à Polícia Civil. Anos de muito trabalho. Anos de desafios e de vitórias também. Não quero falar das conquistas. Prefiro lembrar das horas infindáveis de trabalho, do telefone que não parava de tocar, da imensa quantidade de pessoas que me procuravam para narrar seus problemas, das cobranças por eficiência e resultados.

Quando me perguntam se fui uma boa chefe, respondo que fui dura e exigente, mas justa também. Nunca tive medo, mesmo diante das ameaças à minha vida e à minha segurança. Por conta disso, eu nunca estava sozinha. Ao meu lado, estavam sempre quatro policiais devidamente treinados para me defender.

Os anos em Delegacia me mostraram a injustiça, o preconceito, o abandono, a falta de solidariedade. Talvez por isso eu tenha decidido trilhar outros caminhos, por acreditar que há outras formas de transformação social além da mão firme da lei.

Assim, em 03 de fevereiro de 2014 me despedi de forma serena e firme da função de Chefe da Polícia Civil. No dia seguinte o telefone não tocou, a segurança já não me acompanhava mais e boa parte das pessoas com quem eu convivia diariamente desapareceu.

Um pouco espantada, fiz o que sempre faço: parei, respirei, olhei para a frente e fui embora. Ir embora não significa não valorizar o passado, significa simplesmente acreditar na Providência e no Universo que conspira a nosso favor. E, assim, entregar-se ao futuro que há de vir.

Minha família e os amigos de sempre logo chegaram. Quanto a mim, retomei velhos hábitos: passei a dirigir meu próprio carro, reaprendi a andar sozinha, dormi mais, falei menos, terminei de ler alguns livros esquecidos na estante, vi seção da tarde, tomei sol e me esbaldei nas águas de Iemanjá.

Minha nova vida em nada lembrava aqueles três anos à frente da Chefia da Polícia Civil. Pois bem, foi num desses momentos de minha nova vida que encontrei antigas anotações sobre mulheres criminosas que entrevistei na antiga carceragem feminina instalada na Delegacia do Grajaú.

Ao reler minhas anotações, fui revendo aqueles momentos que eu julgava esquecidos. Lembro que quando as entrevistei havia um certo nível de tensão e desconfiança e, por um dever de verdade, eu deveria ser capaz de saber narrar suas trajetórias de um jeito simples e sincero, como a vida deve ser.

Sempre que penso na história dessas mulheres, penso no quanto elas me ajudaram a reorganizar minha vida, que naquele momento estava fora do lugar. Esta é uma história de ficção, em que misturo minha experiência policial à narrativa dos casos que ouvi e vivi. Alguns dos personagens existem na vida real. Foi meu jeito de compartilhar com eles minha história de vida.

Quanto a elas, razão de ser deste livro, escolhi uma divindade para representar cada uma. Na vida real, com tristeza e sem nenhuma surpresa, digo que ELAS NÃO SÃO DEUSAS. Mas, como todas nós, elas só trazem consigo a esperança, sentimento que acompanha todas as mulheres, mesmo nos momentos de maior tristeza e desilusão.

Sumário

Capítulo 1

Diana

Só lembro que era sexta-feira e, como em toda sexta-feira, eu estava cansada e atrasada. Olho para o relógio e vejo que é quase meio-dia. Estou no ônibus indo para o trabalho, torcendo para que o dia não demore a acabar e jurando a mim mesma que amanhã vai ser diferente: vou dormir até mais tarde, vou diminuir minha velocidade e, quem sabe, parar de correr. Silenciosamente começo a rir, pois sei que dificilmente alguma coisa vai mudar. Como sempre, vou acordar atrasada, com o relógio tocando, a televisão ligada, e, como vai ser difícil levantar, minha mãe mais uma vez vai se sentar na beira da cama e falar sem parar. E eu, vencida pelas circunstâncias, farei tudo igual, um dia atrás do outro.

Até aquele momento, eu pensava que seria um dia como outro qualquer. Percebi que estava quente e talvez por isso as pessoas estivessem nervosas. Há um certo tumulto no ar, mas não consigo entender o que está acontecendo. De repente identifico um guarda conversando com o trocador. Pergunto:

— O que aconteceu?

Mas ele não me responde. Apenas diz com voz firme:

— Leva o ônibus para a delegacia.

Há muita gente no ônibus. Muitos estão histéricos. Todos reclamam do horário, de compromissos que não podiam ser adiados. Insisto com o guarda indagando o que aconteceu, mas ele parece não me ouvir. Fala comigo e com todo mundo ao mesmo tempo, sempre repetindo "leva o ônibus para a delegacia". Em vão, tento saber o que estava acontecendo quando uma senhora, parecendo minha mãe ao me colocar de castigo, afirma:

— Você não viu? O ônibus foi assaltado! A trocadora foi rendida, aquele moço ali da frente foi ameaçado. Ainda bem que alguém fugiu e avisou à polícia.

Momentos difíceis aqueles. Eu continuava sem entender o que tinha acontecido e aquela mulher, com jeito de mãe aborrecida, não fazia outra coisa a não ser reclamar como era possível eu não ter percebido que o ônibus fora roubado. Só pode ser maluca, dizia ela aos brados.

De repente, não apenas aquela mulher, mas várias pessoas passaram a me dizer que era impossível eu não ter visto nada. E por mais que eu tentasse explicar, elas não se convenciam de que eu dizia a verdade. Foi nesse momento que o guarda me deu atenção. Assim, com jeito firme de homem da lei, começou uma infinidade de perguntas. Por mais que eu dissesse que não me lembrava, ele não se convencia e, talvez por estar acostumado a interrogatórios, repetia de diversas formas as mesmas perguntas que eu desesperadamente não tinha como responder.

Em algum momento, não sei qual, o ônibus parou em frente à Central do Brasil. Não há como não reconhecer a Central do Brasil. Para os turistas é cartão postal; para os moradores da cidade, em especial os pobres, é estação de trem que leva e traz muitas pessoas do trabalho e para casa.

Não sei se pelo meu desespero ou por outro motivo qualquer, fiquei apavorada ao constatar o volume de pessoas que passava naquele lugar, correndo, entrando e saindo. Foi quando uma voz disse: todos para a delegacia. Eu, atordoada por não saber o que havia acontecido, perguntei:

— Eu também?

Foi quando alguém disse:

— Todos os que foram roubados têm de prestar depoimento.

Assim, apavorada, olho minha bolsa. Lá estavam: carteira, documentos, celular, chave de casa, talão de cheque, até mesmo o troco da passagem dado em moedas estava lá. Confesso que, aliviada, pensei: essa loucura termina aqui! Não fui roubada! Posso ir embora! Imediatamente procurei o caminho para sair do ônibus já tentando localizar qual direção tomar – para casa, trabalho, não importa; qualquer lugar que me tirasse dali.

Quando eu tentava sair do ônibus, o guarda me perguntou:

— O que eles roubaram da senhora?

— Nada – respondi.

Foi então que ele disse:

— Tudo bem! A senhora é só testemunha e não vítima.

Aqueles momentos foram de profunda loucura. De um lado eu tentava explicar mais uma vez ao guarda que não tinha visto nada, porém ele dizia:

— Isso a senhora explica para o delegado.

Olhei para o lado e tentei encontrar apoio em alguém, até mesmo naquela senhora que insistia em me chamar de maluca. Nem com ela eu conseguia falar. Parecia que todos sabiam o que ia acontecer menos eu. Quando eu tentei mais uma vez falar com o guarda, ele apenas me disse:

— Na delegacia a senhora conta a sua história.

Quando dei por mim, já estávamos na delegacia. Nesse momento fiz minha primeira constatação: eu nunca havia entrado numa delegacia de polícia. A primeira coisa que chamou minha atenção foi o balcão de recepção onde se encontravam dois homens. Sem qualquer motivo aparente, o guarda se dirigiu a um deles e explicou a situação com palavras que eu desconhecia. Tive a impressão de que falavam por código. Não parecia segredo, mas uma linguagem própria com citação de números, descrição de pessoas e relato de providências. Tudo numa linguagem própria e para mim indecifrável.

Como não percebi o que acontecera dentro do ônibus, pouco podia dizer das pessoas que ali se encontravam no momento do roubo. Só sei que na delegacia estavam cerca de vinte pessoas. Todos tinham pressa e todos reclamavam; quanto a mim, eu só queria ir embora. Assim, mais uma vez tentei convencer o guarda de que não havia motivo para eu permanecer ali, pois eu nada sabia dizer sobre o ocorrido.

Quando tentei mais uma vez explicar que eu não havia visto nada, o guarda foi simples e direto:

— Já apresentei a ocorrência na delegacia, agora é com o delegado.

Na minha angústia de ser entendida, achei que talvez fosse hora de apresentar minhas razões àquele homem com quem o guarda falou assim que chegou à delegacia.

Com cuidado me aproximei, disse bom dia ou boa tarde, não sei bem, e imediatamente comecei a falar sobre o ocorrido, ou melhor, sobre o fato do qual eu não tinha visto nada. Foi quando um homem educadamente respondeu: "senhora, bom dia, aguarde sua vez!".

Quando eu ainda tentava iniciar nova conversa, o policial, olhando para uns homens trazidos por outros guardas, falou em tom alto:

— Eles estão algemados? Coloca eles ali naquele canto! Eu não te conheço? Onde você mora? Você já passou por aqui?

Deixando para trás o balcão e minhas ponderações, o policial imediatamente iniciou uma nova conversa com quatro jovens que estavam no canto esquerdo da sala. Enquanto o policial fazia novas perguntas, as pessoas a minha volta começavam a falar incessantemente sobre o ocorrido. O de cabelo louro estava armado, o de camisa vermelha ameaçou a trocadora, o outro empurrou o velho e tirou seu relógio, aquele que estava armado mandou o motorista acelerar, do contrário estourava seus miolos.

Ainda que tudo isso fosse verdade, é impressionante como aqueles homens não nos metiam mais medo. Todo mundo tinha algo a contar. Ao mesmo tempo, todo mundo reclamava. Havia entre todos uma dose de alívio em ter chegado à delegacia e era curioso como as pessoas falavam com jeito de coragem e com vontade de vingança. Não sei quantas vezes ouvi argumentos de que eles, os bandidos, deveriam mesmo era morrer.

As conversas continuavam. Era um falatório geral. O guarda de dentro do ônibus perguntava a cada passageiro qual o nome e o número da identidade. O policial da delegacia questionava e anotava os dados fornecidos pelos bandidos. De repente, chegou a minha vez. Era hora de fornecer meus dados ao guarda. Perguntei:

— Por quê?

— A senhora é testemunha!

Assustada, já com vontade de chorar, pergunto como isso era possível. Ele simplesmente me diz:

— Ao seu lado é que estava o homem que ameaçou a trocadora, aquele mulato de camisa vermelha.

— Mas como? Como isso é possível? – disse eu.

O guarda apenas responde:

— Pergunte para a trocadora, foi ela quem disse.

Nesse momento, perdida no meio daquela confusão, tento achar a trocadora. Não saberia sequer descrever seu rosto, mas ela era mulher e deveria estar de uniforme. Olhei em toda a sala e não vi ninguém com essas características. Foi quando me dirigi ao policial de plantão:

— O senhor viu a trocadora?

— Ela está no cartório falando com o delegado. As testemunhas têm de depor em separado. Aguarde sua vez. O delegado vai lhe chamar.

É impossível descrever o que eu sentia. No plantão uma mistura de vozes e de guardas, ou melhor, de policiais fardados. Uma nova ocorrência estava sendo apresentada. Embora nunca tenha estado numa delegacia, foi curioso perceber como o policial de plantão, mesmo sem ouvir nenhum relato, foi perguntando:

— É furto? Levaram o celular?

Imediatamente o homem de terno à sua frente respondia a tudo afirmativamente. Confesso que fiquei impressionada – não com a nova ocorrência, mas com a capacidade do policial em adivinhar o ocorrido ao mesmo tempo em que freneticamente datilografava tudo que lhe era dito pela nova vítima.

Tudo foi tão rápido, a notícia, a adivinhação, o atendimento do policial de plantão, a liberação da parte, talvez por isso é que eu tenha olhado o relógio e percebido que estava bem atrasada para o trabalho. Foi quando abri a bolsa e vi que meu celular não tinha bateria, assim era impossível avisar que iria me demorar. Não tive outra saída. Dirigi-me ao policial de plantão e pedi para usar o telefone. Mais uma vez ele foi firme:

— Seja rápida, o telefone é para assuntos de serviço.

Quando finalmente alguém me atendeu, falei o mais rápido que pude que iria chegar tarde, pois estava na delegacia da Central do Brasil. Do outro lado da linha ninguém entendia nada, o que me obrigava a repetir e a me demorar cada vez mais. Enfim, da maneira que foi possível expliquei que o ônibus fora roubado e que estava na delegacia registrando a ocorrência.

Ao desligar o telefone apercebi-me dominando alguns termos próprios dos policiais, talvez porque aquele tempo para mim parecia uma eternidade e de algum modo eu tinha absorvido a linguagem e o jeito de ser dos policiais.

Foi nesse momento que alguém disse:

— Pois não, doutor?

À minha frente, ao lado do policial de plantão, estava um homem alto, de camisa clara, punhos arregaçados, colarinho bem passado, gravata listrada em tons de vermelho e calça azul. Ele devia ter bem uns cinquenta e tantos anos. Imediatamente ele indagou:

— Quem é o condutor?

— Sou eu, doutor – disse o guarda.

E pergunta o delegado:

— Onde estão as vítimas? Quais são as testemunhas? Aqueles são os autores? Já os qualificou? Foram "sarqueados"? São menores? Onde está a arma? Ela é registrada? Já foi roubada? Pertence a quem? Onde estão os pertences das vítimas?

A cada pergunta o guarda e o policial de plantão respondiam com uma rapidez própria de quem está acostumado a essa situação. Foi num desses momentos que o guarda repetiu apontando para mim:

— Esta senhora é uma das testemunhas!

Senti meu rosto queimar, percebendo que todos voltaram seu olhar para mim. Desesperada, falei:

— Doutor, o senhor é o...

— Delegado – respondeu ele.

— Posso falar com o senhor?

— Claro.

Ao mesmo tempo em que ordenava:

— Todos, vítimas, testemunhas, autores, policiais militares, todo mundo para o cartório.

Formou-se, assim, uma multidão em torno do delegado. Não sei se eram muitas pessoas ou se o lugar era pequeno, mas sei que ele agia com liderança, fazendo a todo tempo várias recomendações: policial, coloque os presos naquele canto. Eles estão algemados? Escrivão, já qualificou os condutores vítimas e testemunhas? Apreenda primeiro os objetos recuperados e a arma, depois me chame para ditar o flagrante.

Flagrante – essa palavra parecia uma bomba em minha cabeça. Ou seja, eu ia ser testemunha de uma prisão de quatro pessoas, de um fato do qual eu nada sabia dizer. Fui ficando cada vez mais nervosa. Antes que tivesse um ataque de histeria, supliquei:

— Doutor? Posso falar com o senhor?

— Claro, venha à minha sala. Escrivão, assim que terminar o que mandei, me chame. Estou na minha sala atendendo a esta senhora.

Atordoada, mas seguindo os passos do Delegado, cheguei a algum lugar. Agora já conhecia um pouco mais a delegacia: havia a sala de recepção que era o plantão, o cartório e a sala do delegado. Não saberia dizer o tamanho dos lugares por onde passei, mas me lembro que o local era todo iluminado. À minha volta um barulho incessante de máquina de escrever e computador podia ser ouvido. Era como se todos esses sons formassem uma sinfonia própria daquele lugar. Durante o meu deslocamento do plantão até o cartório e do cartório até o gabinete do Delegado havia uma outra música, uma espécie de fundo musical composto por outros sons. Havia um barulho seco, algo como: "trec trec". Minha memória nunca apagou esse som. Quando vi era um policial que verificava o estado da arma, aparentando se preparar para sair e cumprir uma missão qualquer. Havia também um universo de vozes identificáveis entre si: os policiais, as vítimas, as testemunhas, os autores, tudo isso eu acabara de aprender. Havia um ritual próprio para todo aquele universo e o que mais me impressionava é que os policiais, desde o guarda até o delegado, mesmo quando respondiam às nossas perguntas, davam ordens. Policial, posso usar o telefone? Claro, mas seja rápida! O telefone é para o serviço! Seu guarda, tenho de ir à Delegacia? Tem, não demore! Quanto mais rápido a senhora vier, mas rápido poderá ir embora. Doutor? Posso lhe falar? Pode, me acompanhe até a minha sala!

Foi exatamente com esse sentimento que me sentei em frente ao Delegado: esperando receber uma ordem. A sala estava fria, o computador ligado, a mesa cheia de papel, a estante com muitos livros, quase todos de Direito Penal. Antes que pudéssemos conversar o telefone tocou. Não sei o que falavam, mas percebi quando o Delegado se levantou e voltou logo depois com outro policial, alguém que eu não conhecia – não era o guarda, o policial do plantão, nem o escrivão. Mais uma vez, o Delegado deu uma ordem: "liga para a Polinter e avisa que este preso tem de depor hoje. O Juiz me ligou reclamando que ele não foi apresentado da outra vez. Se for preciso pega uma viatura e você mesmo o apresenta ao Juiz. O nome dele, o do Juiz e a Vara Criminal estão nesse papel. Resolve isso e me dê notícia".

Enquanto ele falava pude reparar no quanto ele era alto. Reparei também no colarinho bem passado. Acho que peguei essa mania com minha mãe. Nas ordens que dá à empregada ela sempre insiste: "o colarinho e os punhos têm de estar bem passados. São eles que dizem como um homem é tratado". Reparei ainda que sua voz era calma e firme. Havia também um certo bom humor naquele homem. Lembro que o policial ao sair voltou para dizer: "saudações vascaínas". Ele riu e eu perguntei:

— O senhor é Vasco?

Ele disse:

— Graças a Deus, por quê? A senhora também é?

Meio com medo, respondi que não. Ele riu e disse:

— Só não vale ser Flamengo.

Atordoada, não ousei dizer meu time.

— A propósito, o que a senhora deseja?

— Doutor...

— Torres – disse ele, diante da minha hesitação.

— Doutor Torres, o guarda disse que eu vou ser testemunha, mas acontece que eu não vi nada, não me lembro de nada. Como é que eu posso ser testemunha de um crime que eu não vi acontecer?

Daí para frente não sei dizer quais foram as perguntas, mas lembro que aquele homem alto e calmo, com um jeito firme, começou a me indagar várias coisas. Quando dei por mim estava eu sem saber reconstruindo o meu dia. Lembrei de muitas coisas. Que acordei tarde e saí atrasada de casa. Que fiquei um bom tempo no ponto de ônibus. Como meu ônibus não vinha, achei melhor pegar outro. Os lugares estavam todos ocupados, de repente um casal sai do banco localizado em frente à trocadora. Então me sentei. Lembro que alguém se sentou ao meu lado. Ele me pergunta se posso descrever a pessoa. Apenas me lembro de que era um jovem pardo de camisa vermelha. Quando ele me pergunta pelo casal, lembro que no meio da confusão, ainda dentro do ônibus, vi a mulher, mas não vi mais o homem, a não ser na delegacia, no momento em que o delegado mandou que todos fossem para o cartório. Agora lembro que logo após o homem ter sentado a meu lado teve início uma confusão. O homem se levantou e se dirigiu até a trocadora. Lembro que ouvi gritos, ou melhor, mulheres gritando. Nesse momento agarrei minha bolsa. Digo isso porque só abri minha bolsa quando o guarda falou que todas as pessoas roubadas iriam para a delegacia. Não sei precisar em que momento os policiais entraram no ônibus. Só lembro de uma freada, dos guardas dentro do ônibus e da ordem de conduzir o ônibus para a Delegacia.

Agora está tudo explicado. O casal se levantou para deixar o ônibus. O homem pardo de camisa vermelha se sentou ao meu lado em frente à trocadora. O homem conseguiu sair. A mulher não. A confusão foi o início do assalto. O homem que estava ao meu lado rendeu a trocadora. O homem que conseguiu sair avisou a polícia. Os guardas entraram no ônibus. Os bandidos foram detidos. Os objetos roubados foram recuperados. A arma foi apreendida e todos fomos parar na Delegacia.

Quando terminei meu relato, Doutor Torres educadamente disse-me que eu tinha visto muita coisa e que meu depoimento era importante. Afinal, eu tinha visto o homem que rendeu a trocadora. Nesse momento, um outro policial entra na sala – não era o escrivão, não era o de plantão, nem mesmo o que iria levar o preso ao Fórum; era outro que eu não conhecia. Em conversa rápida com Doutor Torres, ele pergunta se não seria bom verificar os registros anteriores de roubo a coletivo para ver se os autores não seriam os mesmos. Mas uma vez, Doutor Torres, com jeito de ordem, responde: "isso. Verifique os outros registros e convide todas as vítimas a virem à delegacia reconhecer esses presos".

Mesmo com toda a gentileza e tranquilidade do delegado, não pude deixar de ter todos aqueles medos de quem vai ser testemunha. Minha insegurança não convenceu Doutor Torres e ele não hesitou em me dar uma ordem:

— Senhora! Vamos ao Cartório, já é hora de terminar essa ocorrência.

No caminho ao cartório, percebi que aquelas poucas horas estavam sendo pra lá de emocionantes. Aprendi coisas novas do vocabulário policial. Fiquei sabendo que registro e ocorrência podem ser a mesma coisa, isto é, a notícia do crime dada pela vítima, como o caso do homem de terno que teve o celular furtado ou a dada pelos guardas, ou melhor, pelos policiais militares, como aconteceu quando o ônibus foi roubado.

No cartório, o escrivão já estava pronto para datilografar o flagrante. Doutor Torres seguiu um rito próprio. Ouviu primeiro o guarda e até o chamou de um nome diferente: condutor-testemunha. Depois qualificou os autores, eram quatro. A seguir ouviu as vítimas e as testemunhas: o outro policial militar, o homem que conseguiu avisar a polícia, o motorista, a trocadora, o velho que teve o relógio subtraído e eu, é claro. Eu era a testemunha. Pude perceber que a importância do meu depoimento era porque a homem pardo de camisa vermelha que se sentara a meu lado foi o que rendeu a trocadora e recolheu o dinheiro. A arma, que estava com o homem que ameaçou o motorista, havia sido furtada. Nesse momento conheço mais um órgão da Polícia: a Delegacia da Central do Brasil, a Polinter, local onde os bandidos ficam presos, e a DEFAE, DFAE, não sei bem como pronunciar. Só sei que lá podemos saber se uma arma está registrada, de quem é e se foi roubada.

Todos nós prestamos depoimento em separado. Os presos assistiram a nossos depoimentos sem fazer qualquer pergunta e, num canto da sala algemados e sentados no chão, já não nos intimidavam.

Antes de começar a ditar o flagrante, Doutor Torres disse aos presos que eles iriam ser autuados e se desejavam manter contato com a família ou advogado. Doutor Torres até lembrou que eles podiam permanecer calados se quisessem. Parecia até filme americano, quando o preso ouve seus direitos, dentre eles o de só falar na frente do juiz. O velho que teve o relógio roubado nem gostou muito. Foi logo dizendo que tudo isso era culpa dos direitos humanos. Esses que cuidam apenas dos bandidos.

Quando voltamos à sala para assinar o flagrante, percebi que o Escrivão chamou os presos e lhes deu um papel em que estava escrito o crime pelo qual eles foram presos e autuados. Nesse instante, um espanto na sala: afinal, os presos eram dois homens e duas mulheres.

Mesmo surpresa com a notícia, pude perceber que todos estavam presentes: o guarda e o outro policial militar, as testemunhas, as vítimas e os presos, além do Doutor Torres e do escrivão. Eram doze pessoas ao todo. Foi engraçado que havia uma confusão organizada, muito mais por conta do número de pessoas do que da situação em si. Foi aí, quando o escrivão anunciou o nome de cada um para assinar o flagrante, que tivemos a confirmação de que entre os bandidos havia dois homens e duas mulheres.

A partir da constatação da presença das duas mulheres, eu e a trocadora ficamos sabendo que o bandido que a rendeu e que estava ao meu lado era na verdade uma mulher. A trocadora não se conteve, foi logo perguntando:

— Doutor, como é que o senhor falou isso no flagrante?

Doutor Torres, fazendo de conta que não tinha entendido, perguntou:

— Isso o quê?

Ela não se intimidou:

— Isso é mulher, mas parece homem.

Doutor Torres fez uma pausa, acho que procurando as melhores palavras para responder, e disse:

— Minha senhora, não me interessa a opção sexual de ninguém. O que me importa é o crime.

A trocadora, que não percebeu que estava sendo inconveniente, voltou a atacar:

— Se encontrasse com ela de novo na rua, não diria que era uma mulher.

Doutor Torres, já demonstrando impaciência, respondeu, novamente com jeito de ordem: "Está bem! Escrivão, esta senhora já assinou o flagrante?"

Sem mesmo deixar o escrivão responder, Doutor Torres foi logo dizendo:

— A senhora está dispensada. Qualquer coisa pode me procurar. Sou o Delegado Titular. Obrigado e boa tarde!

Descobri uma nova coisa sobre os policiais. Mesmo falando frases gentis, eles são firmes quando contrariados. E pena que eu não possa reproduzir o tom com que o delegado falou "senhora!" Havia um ar de reprimenda. Igualzinho ao do policial de plantão quando disse: "senhora, boa tarde, aguarde sua vez". Só agora percebi que minha atitude não agradara ao policial de plantão. A entonação dada à palavra "senhora" era a mesma. Da mesma forma que Doutor Torres não gostou da insistência da trocadora em falar da opção sexual do bandido (quer dizer, da bandida), provavelmente o policial de plantão também não gostou quando eu freneticamente fui falando do meu caso, sem mesmo querer saber se ele poderia me atender.

De repente o escrivão fala:

— Diana, assina aqui.

Foi quando reparei na pessoa que se sentou ao meu lado, de camisa vermelha. Aquele que rendeu a trocadora era uma mulher. Diana não era muito alta, tinha o cabelo bem curto e descolorado. Sua bermuda, a camisa vermelha, o chinelo de dedo, tudo parecia de homem. Seus modos, sua voz, seu andar, tudo, tudo era de homem. Quando ela se levantou para assinar novamente se fez um burburinho na sala: era o velho que mais uma vez reclamava, voltando a repetir que o que acaba com a sociedade são os direitos humanos. Acho que ele não gostou de ver o Doutor Torres com cuidado em preservar Diana em razão de sua opção sexual. Ele até resmungou algo que não consegui entender. Mas Doutor Torres ouviu tudo e não se furtou em responder: "senhor, eu cumpro a lei. Sou pago para fazer o que a lei manda e não o que o senhor quer. Agora que o senhor já prestou seus esclarecimentos e assinou o flagrante, pode ir embora. A propósito, o senhor precisa de algo? Quer que alguém o acompanhe a algum lugar?"

Ainda com aquele jeito de ordem, dirigiu-se a um policial que entrara no cartório e disse:

— Companheiro, veja se alguma equipe está de saída, para onde vai, veja se é possível acompanhar este senhor até sua casa ou a algum outro lugar que ele deseje.

Aprendi outra coisa da polícia. Mesmo que as pessoas tenham funções determinadas, elas estão sempre preparadas para largar tudo e fazer outra coisa totalmente diferente.

Acho que tem a ver com o trabalho, com o fato de que, a todo momento, várias coisas acontecem ao mesmo tempo e, portanto, não há como falar em rotina. É engraçado que o policial chamado de companheiro nem chegou a dizer o que tinha ido fazer no cartório, foi logo atender ao Delegado.

Os policiais são criativos. Falo isso porque, quando voltou, o policial disse que havia resolvido o problema, pois havia um supervisor da empresa de ônibus que se ofereceu para levar o velho em casa. Ele é conhecido de todos. Mora perto do ponto final do ônibus, disse ele. Doutor Torres, embora satisfeito com a solução do problema, não deixou de perguntar:

— E as equipes, onde estão?

O policial disse:

— Todos na rua, Doutor, por isso é que falei com o supervisor da empresa.

— Está bem, amigo, obrigado.

Fiquei pensando se é comum que os policiais se tratem por amigo ou companheiro, ou se isso era apenas uma característica do Doutor Torres. Enquanto tentava entender toda aquela dinâmica de convivência social, fui surpreendida pelo escrivão.

— Companheiro, me faz um favor? Verifica qual equipe vai conduzir os presos à Polinter. Avisa que tem duas presas para serem levadas para a carceragem.

Não deu tempo de ver com quem o escrivão falou, mas é certo que há um ritual de cordialidade entre eles. Essa é uma característica que eu jamais imaginaria poder encontrar. Não me contive e perguntei ao delegado:

— Doutor Torres, vocês são sempre assim?

— Assim como? – respondeu ele.

— Assim educados com as partes e entre vocês.

Doutor Torres me olhou de cima a baixo e eu gelei. Foi aquele olhar que me fez pensar na pergunta que eu tinha feito. Ele então, com jeito de quem já respondeu essa pergunta anteriormente, falou-me:

— Senhora, ao contrário do que muitos pensam, a Polícia é feita de pessoas normais, como seus amigos. Somos educados. Temos filhos, netos e contas para pagar. Também gostamos do Natal e do Carnaval. O que acontece é que nosso dia a dia é feito de problemas e de perigo. A senhora já pensou que cada vez que saímos de casa não temos certeza de que vamos voltar? Talvez por isso não sejamos simpáticos o tempo todo.

Não posso descrever minha vergonha. Tive vontade de sumir. Não me restava outra coisa a não ser me desculpar. Quando tentei ensaiar uma desculpa, Doutor Torres não deu tempo, foi logo dizendo:

— Agora que a senhora já assinou o flagrante pode ir.

Nem tentei consertar. Peguei minha bolsa e me apressei em sair. Quando estava na porta só ouvi sua voz:

— A propósito, qual o seu time? A senhora acabou não me falando.

Eu estava tão apavorada em ser novamente repreendida que nem respondi. Doutor Torres, percebendo meu constrangimento, respondeu:

— Já sei. A partir de agora, em minha homenagem à senhora, vai ser vascaína. – O tom bem-humorado me deu um certo alívio, não o suficiente para discordar, e até hoje, quando me perguntam qual o meu time, ainda me pego lembrando do dia que virei casaca e me tornei Vasco em homenagem àquele delegado.

Ao sair, parei na porta e fiquei olhando aquele local. É engraçado como tive medo de ir embora. De alguma forma naquele lugar eu me sentia segura. Foi nesse momento que dois policiais, que eu não conhecia até então, saíam com as presas. Diana e a outra que não sei o nome passaram por mim algemadas. Agora, ao final de tudo, já com um olhar diferente, eu era capaz de ver uma mulher em cada uma delas, apesar da roupa e dos gestos. Ao entrarem no carro o policial colocou sua mão no alto da porta, para que elas não batessem com a cabeça e saiu sem sequer perceber a minha presença. Assim, aquele foi o dia em que Diana foi embora sem olhar para trás.

Fiquei ainda um tempo parada na porta sem saber o que fazer. Foi nesse momento que o policial de plantão, aquele que adivinhava as ocorrências, provavelmente percebeu o que estava acontecendo. Chegou até mim e disse:

— A senhora não acha que está na hora de ir embora? Precisa de ajuda?

Dessa vez o senhor tinha tom de solidariedade. Ele me olhou e disse:

— Tenho uma filha da sua idade. Ela é muito estudiosa. É formada em inglês, em computador. Trabalho muito aqui e no bico, mas ela me dá muita alegria. Vale a pena tanto cansaço.

Olhei aquele homem, que tinha mesmo jeito de pai, sorri e agradeci. Ele, percebendo minha hesitação, perguntou:

— A senhora vai para onde? Quer chamar alguém para vir lhe buscar?

— Não – respondi. – Eu estou bem e acho que o melhor é ir para casa – mesmo atordoada, percebi que não daria mais tempo de ir ao trabalho.

O melhor era ir direto para casa sem avisar a meus pais, que com certeza ficariam assustados ao saber que o ônibus onde eu estava foi roubado.

Quando ainda conversava com o policial de plantão, ouvi um sino tocar.

— São quatro horas – disse ele.

— Está tarde, é melhor ir para casa – respondi.

— Senhora, meu nome é Leônidas. Estarei aqui até amanhã de manhã, qualquer coisa pode me procurar.

— Obrigada – respondi.

— Vai com Deus – ele disse.

Sorri e me afastei. Eram quatro horas do dia 16 de novembro de 1999. O dia que mudou minha vida.

Capítulo 2

Aconchego

Mal entrei em casa minha mãe foi logo dizendo:

— Aconteceu alguma coisa? Você está doente? Por que você chegou tão cedo?

Ainda ofegante, falei:

— Não fui trabalhar. Eu estava na Delegacia.

— Delegacia? Como? - repetia ela. - O que aconteceu?

— Um assalto - respondi.

— Você está machucada? Feriram você?

Ao mesmo tempo em que me interrogava minha mãe começava a chorar. Eu, cansada e ainda atormentada com todo o ocorrido, tentava acalmar a ela e a mim. Quando consegui harmonizar a confusão que se iniciara, percebi que Beth, nossa empregada há muitos anos, já trazia água com açúcar e pedia que minha mãe se acalmasse. Meu pai, que eu julgava estar no trabalho, apareceu na sala e imediatamente começou um novo interrogatório. Enfim, depois de explicar tudo, o assalto, as coisas que não foram roubadas, o pior ainda estava por vir. Falei a palavra mágica "testemunha". Quando meus pais ouviram essa palavra, pensei que fossem ter um infarto. Minha mãe dizia que o melhor a fazer era mudar imediatamente de casa, trocar o número de telefone e somente informar o novo endereço aos mais amigos. Meu pai, um pouco mais pragmático, mas também apreensivo, indagava-me os detalhes da lavratura do flagrante, querendo saber se todos os cuidados foram tomados, no sentido de preservar minha identidade.

Eu, que achava que meu drama se encerrara com o término do flagrante, percebi que havia uma nova batalha a vencer: o medo expressado no desespero de minha mãe e na preocupação de meu pai. Lá pelas tantas, na tentativa de acomodar a situação, falei do Doutor Torres, do quanto ele me pareceu cuidadoso e preocupado com todos. Foi aí que contei de sua preocupação em levar o velho para casa. Minha mãe então exclamou:

— Eles trouxeram você em casa?

Meu pai, apressado, falou:

— Por que você não os convidou para subir?

Até a empregada não hesitou:

— O porteiro não comentou nada quando viu você chegar em casa de rádio patrulha?

Assim, nada como uma notícia pior para fazer com que a gente esqueça a anterior. Falei a meus pais que voltara para casa de metrô, o que deixou minha mãe furiosa. Afinal, o mínimo que a Polícia podia fazer era trazer sua filha para casa sã e salva. Daí em diante não houve argumento que fosse capaz de os convencer de que a filha fora bem tratada na Delegacia. Tanto é verdade que em dado momento meu pai até pensou em ligar para o Disque Denúncia e reclamar do Doutor Torres, não sem antes confirmar:

— Como é mesmo o nome do Delegado?

Vendo que a situação estava sem controle, achei melhor começar a chorar. Confesso que foi um pouco de teatro. E que no meio da confusão só me lembrava da fala da mãe de uma amiga que dizia que sempre que estava em uma discussão com o marido e percebia que o final não seria bom não hesitava e começava a chorar. Segundo ela, os homens não resistem a um choro e, na pior das hipóteses, encerram por ali a discussão.

Verdade ou mentira, meus pais, preocupados com meu estado psicológico, pediam para que eu me acalmasse. Enquanto isso, a empregada já sugeria que eu tomasse um banho e que minha mãe me preparasse uma comida. E assim foi feito.

Ao sair do banho, encontrei minha mãe ao telefone contando o ocorrido para uma amiga que assiste a missa com ela todos os dias na paróquia de nosso bairro. Logo depois, o telefone não parou. Muitos amigos e amigas ligaram para saber do ocorrido. Não sei bem como isso aconteceu. Tudo parecia fruto de uma interminável corrente telepática.

Quando eu não aguentava mais falar sobre o assunto, minha chefe telefonou para meu celular querendo saber notícias minhas. E mais uma vez tive que contar tudo novamente. Enquanto isso, minha mãe sugeria que eu pedisse uma licença até me recompor do susto. Essa loucura só terminou quando fui salva por meu irmão, que veio me ver. Tenho dois irmãos, ambos casados. Minha irmã mora em Campinas e meu irmão, o melhor amigo que a vida me deu, mora bem perto de nossa casa.

Meu irmão e eu temos um trato: nunca mentimos um para o outro. Da mesma forma que um com a ajuda do outro já mentiu várias vezes para nossos pais. Assim, com aquele jeito de quem sempre sabe da verdade, me perguntou sobre o que havia acontecido e foi dele a palavra final de que tudo estava bem e que não havia motivo para tanto desespero. Na tentativa de negociar a calma dos meus pais, ele se ofereceu para me levar ao trabalho até as coisas voltarem ao normal. Negociações encerradas, meus pais controlados, ainda faltava atender à minha irmã ao telefone, que, assustada, muito mais por estar longe do que pelo ocorrido, me convidava para passar uns dias em sua casa para me recuperar.

E pensar que eu não fui roubada, nada meu foi levado, nem dinheiro, nem cartão, nem cheque, nem documentos. Não fui agredida como o velho que teve o relógio subtraído e recuperado. Ninguém me ameaçou ou me apontou uma arma. Enfim, nada ou quase nada acontecera e, mesmo assim, minha vida quase virou um inferno depois daquele dia.

Durante muito tempo cumpri um ritual de telefonar assim que chegasse ao trabalho. Era a única forma de evitar que minha mãe ligasse para o trabalho e insistisse em saber se eu tinha chegado bem. Sem contar que até para namorar ficou mais difícil. A todo momento meus pais repetiam: "não esquece que você foi roubada em plena luz do dia. A violência é muita. O melhor é ficar em casa". Tudo era motivo para não sair, os dias de chuva, o trabalho no dia seguinte, a notícia do jornal e, é claro, o fato de eu ter sido quase roubada em plena manhã de sol em uma das mais movimentadas ruas da cidade.

Essa loucura ainda me perseguiu por muito tempo. Quando as coisas iam se acalmando recebi um telegrama me convidando para prestar esclarecimento junto à Vara Criminal no processo instaurado contra Diana de Tal e outros.

Tentei esconder de meus pais para não os preocupar, mas Beth foi mais rápida. Saiu logo avisando a meu pai que era melhor ele falar com um advogado sobre o meu caso. Assim, dessa forma desajeitada, meus pais souberam que eu deveria depor.

Mais uma vez a família foi acionada. Lembraram até de um velho amigo advogado para quem meu pai telefonou, que se prontificou a me acompanhar. No dia e hora marcados lá estávamos nós: eu, meu pai e o advogado. Quando aguardava o momento de ser chamada, vi o guarda chegando e o outro policial militar que serviu também de testemunha. Perguntei pelo Doutor Torres e o guarda me disse que volta e meia apresentava umas ocorrências na Delegacia. Quando perguntei pelo seu Leônidas, o guarda disse que ele havia sido transferido e que não sabia o seu novo destino.

Ainda estava conversando com o guarda quando o oficial de justiça fez a chamada das testemunhas. Nesse momento percebi que nem Doutor Torres, nem Seu Leônidas, ou mesmo o escrivão, haviam sido chamados para depor. Somente eu, os policiais militares, o motorista, a trocadora e o velho fomos chamados como testemunhas.

O guarda então me explicou que nem sempre a polícia civil é chamada para depor nos processos, mas que na maior parte das vezes os policiais militares são chamados, pois, como são eles que fazem o patrulhamento, torna-se comum que sejam eles os autores das prisões.

Entramos todos na sala. O juiz leu a denúncia e pediu para que o guarda permanecesse na sala, enquanto as outras partes aguardassem no corredor. Nesse momento, tive a oportunidade de ver os presos. Estavam do mesmo jeito: de bermuda, chinelos, camiseta e algemados. Tive minha atenção voltada para Diana, que continuava parecendo um homem.

Quando chegou minha vez de depor, o juiz primeiro perguntou se eu me importaria em depor na presença dos réus. Eu disse que não havia nenhum problema. Efetivamente ali, presos, algemados, eles e elas não me amedrontavam. O juiz então perguntou sobre o ocorrido. Tendo indagado especificamente se eu reconhecia dentre os presos a pessoa que se sentou ao meu lado e rendeu a trocadora, não tive dúvida em reconhecer Diana, tendo o cuidado de ressaltar que era o outro preso que portava a arma de fogo e intimidou o motorista. A precisão com que eu me posicionei em meu depoimento foi algo que não agradou a meu pai, que, mais uma vez, temia por minha segurança.

É engraçado que, mesmo reconhecendo Diana, não havia entre nós qualquer tipo de estranhamento. Diana parecia saber exatamente a dimensão não só de sua conduta, mas também de meu depoimento e do que aconteceria depois. Talvez por isso tenha até me lembrado de uma fala que vi em algumas cenas de novela, na qual o policial sempre grita: "perdeu... perdeu..." Era assim que Diana estava: absolutamente perdida. Confesso que tive pena dela. Fiquei até curiosa para saber de mais notícias, mas o fato é que, ao término do meu depoimento, saí e nunca mais soube dela.

Minha vida voltou ao normal. Voltei ao trabalho, formei-me em Psicologia. Arrumei novo emprego, me inscrevi para o mestrado e iniciei uma nova fase da minha vida. Nunca mais me envolvi em nenhum assunto policial, até o dia em que vi Doutor Torres novamente na televisão. Ele já não era mais o delegado titular da Delegacia da Central do Brasil. Era o Titular da Delegacia de Entorpecentes. Não sei bem de qual ocorrência era a notícia da televisão, mas sei que era algo de bastante repercussão. Deu até tempo de mostrar a meus pais quem era o famoso Doutor Torres, aquele que ousou não trazer sua filha de volta para casa.

Capítulo 3

O retorno à polícia

Esqueci de contar que venho de uma família de imigrantes portugueses. Meu avô materno veio para o Brasil muito cedo. Em Portugal deixou mulher e duas filhas, dentre elas minha mãe, com apenas seis meses de idade. Veio para o Brasil fugindo da Guerra de Salazar. Por aqui ficou por muito tempo, retornando a Portugal apenas dezesseis anos depois, quando pôde trazer definitivamente para a nova pátria a mulher e as filhas que mal o conheciam.

Minha infância é marcada por muitas histórias. Uma delas é a história de minha mãe que só conheceu meu avô aos dezesseis anos, mas que todos os dias pontualmente às seis da tarde encontrava a mãe e a irmã e juntas rezavam o terço pedindo "saúde e proteção para o pai", que há muito tempo morava no Brasil.

Minha irmã e eu adoramos dançar. Acho que a culpa é da minha mãe. Digo isso porque no meio dessas histórias tem uma que sempre gostamos de contar. Minha mãe e minha tia eram e são ainda hoje muito amigas. Minha tia, a mais velha, era também a mais levada e mais brigona. Por conta disso sempre apanhava, o que não acontecia com minha mãe, a mais comportada das filhas. Exceto naquele dia em que minha mãe não ouviu o sino tocando e perdeu a hora do terço. Era a história da surra por causa do "Baile da Figueira".

Sou de uma família de mulheres fortes. Minha avó materna ficou sozinha com duas filhas pequenas por longos dezesseis anos. Vestiu preto durante todo esse tempo, trabalhou no campo, rezou muito e fez as filhas rezarem pela saúde do pai que mal conheciam.

Minha avó paterna ficou viúva com sete filhos, dentre eles meu pai. Meu avô morreu afogado quatro meses antes do nascimento do meu pai. Apesar de toda a coragem de minha avó, não foi possível a ela criar os sete filhos. Deus, o destino, a doença, não sei, levou quatro deles, restando-lhe apenas três filhos homens.

Minhas avós eram duas mulheres jovens quando seus maridos se foram. Um o rio levou e o outro, a guerra assustou. Para sobreviver fizeram como muitas mulheres: cuidaram da casa, das terras e dos filhos. O dinheiro do campo era pouco, talvez por isso elas tenham cozido pão num forno que levou delas a juventude, mas que trouxe o sustento dos filhos.

Apesar das dificuldades, digo sempre que não há tragédia em nossas vidas. Pelo contrário, há histórias de luta, de vitórias e de muito amor. Já disse que sou católica. Mas sempre acho que ainda na infância o universo conspirava a favor de meus pais. Minhas avós coziam o pão no mesmo lugar, embora morassem em aldeias diferentes. Eles frequentaram a mesma escola. E, alguns anos depois, meu tio mais velho e meu avô se encontraram no Brasil, ambos fugidos da guerra em busca de uma nova Pátria. Assim, pelas mãos do destino, com as bênçãos de Nossa Senhora de Fátima, que estava no Brasil, em 1957, meus pais se reencontram e se casam.

Assim como meu avô, meu pai também percorreu os difíceis caminhos que conduzem os imigrantes: muito trabalho, algumas decepções e, talvez por conta de sua origem, se estabelece como comerciante dono de padaria.

A padaria sempre foi algo forte em nossas vidas. Lembro de ser identificada pelo nome, acrescido da informação: ela é filha do dono da padaria. Lembro de minha mãe trabalhando no caixa, do pão doce, da mortadela fatiada bem fininha, do cheiro do pão "quentinho", de meu pai acordando bem cedo e trabalhando muito durante todos os dias da semana. Afinal, padaria não fecha, nem mesmo nos feriados. Lembro do telefone tocando na madrugada (não havia susto. O telefone tocando era apenas um sinal de que o padeiro faltou e que meu pai tinha que ir mais cedo para providenciar a primeira fornada de pão). Até em casa meu pai tinha mania de pão. Não raras vezes ele ia para a cozinha e, com muita bagunça, fazia coisas deliciosas. Sem esquecer, é claro, do "Folar", tradicional pão recheado feito pelos portugueses na comemoração da Páscoa.

Na adolescência minha irmã e eu, como as mulheres de nossa geração, fizemos Escola Normal e nos tornamos professoras primárias. Era numa escola como professora do ensino fundamental que eu trabalhava quando aconteceu o episódio do ônibus. É curioso como eu sempre me refiro àqueles momentos como o episódio do ônibus.

Alguns anos depois me formei em Psicologia a contragosto de meus pais, que não entendiam para que serviria tantos anos de estudos. Mas o fato é que a vida tem seu ritmo próprio e hoje sou uma profissional de sucesso. Continuo no magistério. Acho que não sei viver longe de uma sala de aula. Tenho meu consultório e estou fazendo mestrado.

Foi assim meio que por acaso, sentada em um restaurante, que vi um homem alto cuja fisionomia me lembrava alguém. Como não consegui lembrar quem era, deixei para lá. Naquele dia, já em casa, depois de muito pensar, pois de algum modo aquela imagem não me deixava, lembrei: era Doutor Torres! O Delegado do episódio do ônibus!

Por alguns instantes até lamentei o fato de não ter me lembrado e quem sabe poder cumprimentá-lo. Logo depois acabei esquecendo. No outro dia, já na faculdade, tive o primeiro encontro com meu orientador. Começava ali minha peregrinação: o de conseguir encontrar um tema que fosse interessante, desafiador, útil como resultado de pesquisa e que permitisse desenvolver uma hipótese, na qual meus conhecimentos acadêmicos pudessem ser aplicados.

A escolha desse tema me custou muitas horas de sono, muitos dias de estudo e trabalho. Foi meio que sem querer que eu revivi o episódio do ônibus: arrumando uma pasta de documentos, encontrei o telegrama pelo qual eu era convocada para depor no processo de Diana.

Olhando para aquele papel amarelado, me perguntei: por que não? Quando me fiz essa pergunta, nem mesmo eu sabia ao certo o que desejava. O fato é que aqueles momentos no interior da Delegacia da Central do Brasil foram particularmente importantes em minha vida.

É interessante que, até aquele dia, minha vida tinha um ar de infância. Eu era uma jovem universitária, filha de uma tradicional família de classe média, professora primária, com uma vida sem sustos, típica das boas moças de família. Costumo dizer que o episódio do ônibus tirou minha virgindade e me apresentou ao mundo real, aquele em que existe maldade, violência, medo, dor, pena, vingança e perdão.

Ser apresentada ao mundo real me trouxe algumas consequências, dentre elas conhecer pessoas que eu jamais supunha existir, mas que, de alguma forma, exerciam sobre mim uma enorme curiosidade.

Assim, sem saber bem por quê, fui procurar Doutor Torres. Durante muito tempo achei que era por conta de minha tese de mestrado. Hoje, acho que era o destino que me instigava a novos desafios.

Antes de procurá-lo achei melhor conversar com meu orientador. Falei sobre o ocorrido naquele 16 de novembro e sobre minha ideia de reencontrar todas aquelas pessoas, em especial Doutor Torres e Diana, e, assim, conhecendo um pouco melhor suas vidas, tentar entender por que motivo e em que momento as pessoas decidem pela prática de um crime. Meu orientador, embora apreciando a ideia, não deixava de me alertar para as dificuldades em concretizar a pesquisa. Em razão do meu mestrado, eu estaria obrigada a tecer uma hipótese em que os conceitos da psicologia pudessem ser formulados. Mesmo diante de tantas observações, nada disso parecia importante. O que eu queria era voltar àquele lugar.

Capítulo 4

De volta à delegacia

Era uma sexta-feira o dia em que saí de casa determinada a encontrar com Doutor Torres. No meio do caminho pensei que talvez não fosse um bom dia, mas aí me lembrei que a polícia trabalha em regime de plantão, portanto, início ou fim da semana pouco importa.

Antes de sair de casa, conferi se a intimação para depor estava comigo. Mesmo sem sentir, tomei alguns cuidados: avisei a meu irmão que iria procurar Doutor Torres. Não sei nem bem por que fiz isso. Não foi por medo. Não foi por insegurança. Acho que foi mesmo pela necessidade de compartilhar com alguém aquela minha nova aventura. Lembro que liguei para a Delegacia de Mulheres e pedi o telefone e o endereço da Delegacia de Entorpecentes, pois esta era a última notícia que tive de Doutor Torres: Delegado Titular da DRE. Um dia antes liguei para lá e confirmei que podia encontrá-lo todos os dias no horário de expediente.

Enfim, naquela sexta-feira de sol dirigi-me à Barra da Tijuca. Quando cheguei na DRE (era assim que a delegacia era apresentada), pude perceber que o prédio era maior e as acomodações também eram melhores. Como já sabia que tudo começava no plantão, dirigi-me ao balcão na tentativa de localizar os policiais responsáveis pelo primeiro atendimento.

Aquela delegacia era diferente. Havia um grupo de policiais no plantão. Tive a impressão de que cada um cumpria uma tarefa. Havia alguém que falava ao rádio, outros preenchiam formulários, outros verificavam o armamento. Enfim, tudo era muito diferente. Mesmo quieta, apenas olhando aquele burburinho de gente, minha presença não passou despercebida. Foi quando ouvi:

— O que a senhora deseja?

Custei a responder, pois na verdade estava entretida com toda aquela movimentação. O policial indagou novamente:

— Senhora, em que posso ajudá-la?

— Gostaria de falar com o Delegado – respondi.

— Com que delegado a senhora deseja falar? Temos o Titular e o Adjunto.

Nesse momento, do nada, surge Doutor Torres. Ele estava acompanhado de outros policiais. Como sempre, dava várias ordens ao mesmo tempo. Deu saída no rádio? Preencheu o BMP? Quantas equipes sairão? Onde estão os Chefes de Equipes? Onde está o delegado? Telefonem para mim assim que tiverem notícia! Ao mesmo tempo, os policiais respondiam às inúmeras perguntas e se dirigiam para o pátio, rumo às viaturas, que logo saíram em comboio. Era tanta gente, tanta viatura, tanta arma, que não tive dúvida de que aqueles policiais partiam para uma missão importante.

Enquanto isso, o policial do plantão disse:

— Doutor...

— Pois não, a senhora deseja falar comigo?

É curioso como não houve tempo do policial completar sua frase. Doutor Torres logo percebeu minha presença e, como sempre, fez uma pergunta e deu uma ordem.

Assim, obediente, segui-o pelos caminhos da delegacia. As lembranças que trazia da Delegacia da Central do Brasil me possibilitaram identificar o cartório e a sala do delegado. Sem muita cerimônia, mas com muita cortesia, Doutor Torres me pede para aguardá-lo em sua sala.

Embora diferente, a sala me parecia familiar. Os livros de Direito Penal numa estante improvisada. O ar-condicionado ligado no máximo, tornando o ambiente gelado. O quadro que ostentava o símbolo da polícia e o crucifixo, da mesma forma que no outro gabinete, também estavam lá, pendurados um ao lado do outro.

Da mesma forma, havia muitos documentos na mesa e uma pilha de inquéritos. Essa delegacia parecia ter muito mais trabalho. Não sei bem se tenho capacidade de saber se a DRE era ou não mais trabalhosa, mas senti, pela movimentação dos policiais, pela quantidade de armamento e pelo número de viaturas, que ela era uma delegacia importante.

Fiquei ali por um bom tempo, não sei precisar quanto. Em um determinado momento achei que fui esquecida, tive até vontade de me levantar e procurar saber se iria ou não ser atendida, mas não tive coragem. Achei melhor ficar quieta e aguardar alguém aparecer.

De repente, um policial entra na sala e avisa:

— Doutor Torres está terminando de apreciar uma ocorrência no plantão e já virá lhe atender.

Aliviada, agradeço e digo que não há pressa, pois tenho todo o tempo do mundo.

Logo depois Doutor Torres chega à sua sala, acompanhado de dois policiais. Avisa que os inquéritos e os registros estão despachados. Ele deve ter trabalhado muito, pois boa parte do material que ocupava sua mesa foi retirada pelos policiais.

Mesmo percebendo minha presença, Doutor Torres examina dois documentos, escreve, se levanta, sai e volta com dois outros policiais. Mais uma vez ele dá alguma ordem, pedindo sempre rapidez. Enfim ele sossega e me pergunta:

— Eu lhe conheço de onde?

— Da Central do Brasil – respondo.

— Central do Brasil... então faz dois anos que nos conhecemos. O seu problema é daquela época?

— Não. É que eu fui testemunha em um flagrante de roubo dentro de um ônibus.

Ele não me deixa terminar e pergunta:

— Foi chamada para depor?

Abro minha bolsa e mostro a intimação. Ele então a examina e me diz que a audiência já havia ocorrido.

— Eu sei – respondi.

— Então, o que a senhora deseja de mim?

Acho que levei uma eternidade para responder a essa pergunta. Ainda bem que o telefone tocou e tive alguns momentos para pensar no que ia dizer. Tão logo pousou o telefone, Doutor Torres foi logo me dizendo:

— A senhora é a testemunha do flagrante do ônibus em que foram presos dois homens a duas mulheres. Aquele em que o senhor de idade insistia em dizer que a culpa é dos direitos humanos e a trocadora fazia perguntas indiscretas por causa do jeito homossexual de uma das presas.

Era impressionante como a memória dele era boa. Quando ele me viu no plantão, ele me olhou com jeito de quem já me conhecia e tentava descobrir de onde. Nem tive tempo de responder, ele foi logo perguntando:

— Então, tem acompanhado os jogos do Vasco? A senhora é vascaína, não?

Mesmo sem sentir, falei que era impossível responder às suas perguntas, pois elas tinham sido feitas ao mesmo tempo. Nesse momento, Doutor Torres riu pela primeira vez e disse que vida de delegacia é assim mesmo. São vários problemas ao mesmo tempo e, com o passar do tempo, a agilidade ou a pressa é um traço de todo policial.

Não sei se os policiais são bem-humorados, mas tive a impressão de que aquele seria um bom dia para o Doutor Torres. Contando com isso, comentei o que me trazia àquela delegacia, não sem antes rever o dia do flagrante. Perguntei por Seu Leônidas, pelo escrivão. Falei da entrevista na televisão e de tê-lo visto no centro da cidade.

Não parecia um dia calmo, mas de alguma forma Doutor Torres parecia ter tempo para me atender. Depois de alguma conversa, ele me perguntou se eu era estudante de Direito, respondi que não, embora tenha tido a impressão de que minha presença ali estaria justificada se eu fosse uma estudante de Direito.

Foi então que contei um pouco de minha vida e das novidades, com jeito de quem reencontra um amigo que não vê há algum tempo. Falei do mestrado. Falei do magistério, do meu consultório. Enfim, falei das minhas conquistas. Em seguida comecei a falar da minha tese, do meu desejo de saber quais os motivos que levam alguém a cometer um crime. Nesse momento percebi um certo ar de preocupação vindo de Doutor Torres. Imediatamente ele sugere que eu visite uma Delegacia de Mulheres, alegando que, considerando minha formação em psicologia, o melhor a fazer seria entrevistar mulheres vítimas de violência. Ele até falou de uma Delegada que tinha experiência no assunto, uma amiga de longa data, segundo ele, muito envolvida na defesa dos direitos das mulheres.

Embora ficasse claro que de alguma forma minha intenção era falar com os criminosos, Doutor Torres insistia que o melhor a fazer seria trabalhar com vítimas e não com criminosos. Na tentativa de convencê-lo, fui dizendo que eu nem era feminista. Ele riu e me disse:

— Você tem de conhecer minha amiga Delegada. Já estou até vendo: primeiro ela vai logo dizer que é lamentável que você não seja feminista. Vai fazer um verdadeiro interrogatório e ao final de todas as perguntas você vai descobrir que é feminista sem saber. Isso aconteceu comigo. No início eu achava que feminista era coisa de mulher histérica, mas com a convivência fui percebendo que há direitos que são próprios das mulheres e que ser mulher é diferente de ser homem, não esquecendo de que ela sempre me lembra que buscar a diferença não é aceitar a desigualdade. Viu? Até eu sou feminista.

Confesso que fiquei impressionada com todo aquele discurso. Cheguei até a acreditar que ele estava dizendo a verdade. Mas, mesmo assim, continuei insistindo em entrevistar algumas presas, em especial Diana.

De repente, Doutor Torres me pediu a convocação e imediatamente foi para o computador fazer alguma consulta. A partir daí foi possível saber o número do flagrante da Delegacia da Central do Brasil, que nesse momento foi identificada como 4ª DP. Em seguida, sem eu ter pedido nada, ele telefona para o Cartório da 4ª DP e, com jeito de quem já foi chefe, solicita o nome dos envolvidos no flagrante. Quando eu pensei que os telefonemas já tinham terminado, Doutor Torres liga para a Polinter e pede para chamarem o Detetive Lopes. Esta foi a primeira vez que ouvi esse nome. Mal sabia eu que o Detetive Lopes seria o elo de muitas vidas: da minha, da de Diana e de tantas outras mulheres que conheceria na carceragem da Polinter.

Quando terminou de falar ao telefone, Doutor Torres me fez inúmeras recomendações:

— Você vai procurar o Detetive Lopes na Carceragem Feminina da Polinter. Ela fica no Grajaú, ao lado do antigo Jardim Zoológico. Lá você poderá encontrar Diana ou, caso ela não esteja lá, ele saberá para onde ela foi transferida. Lembre-se de que você foi testemunha de acusação de um processo no qual Diana foi condenada, portanto pode ser que ela não queira falar com você, o que é muito natural. Antes de qualquer coisa, pense bem se você deve mesmo entrevistar Diana. E não esqueça: você vai a uma Carceragem, portanto, deverá estar vestida adequadamente. Para você entrevistar as presas, será preciso um documento. Assim, vá primeiro à Carceragem e depois, se realmente desejar entrevistar Diana e outras presas, faça um pedido por escrito ao Diretor da Polinter explicando os motivos pelos quais você deseja fazer essa pesquisa, para que ele possa apreciar e decidir. Agora me dê seu documento de identidade para que eu possa fazer contato com o Detetive Lopes e o Diretor da Polinter e avisar que você vai até lá. Você ainda mora no endereço da intimação? Confirme para mim.

Como sempre, Doutor Torres perguntava e ao mesmo tempo dava ordens. Achei interessante ele me chamar de você, mas, mesmo com o jeito mais ameno de me tratar, havia sempre um certo ar de autoridade.

Nesse momento o telefone tocou. Percebi que Doutor Torres gostou da notícia. Percebi também que era algo da delegacia. Lá pelas tantas, ele repetiu:

— Que bom, companheiro! Parabéns para todos nós.

Fiquei tão curiosa que tive até vontade de perguntar quem era, mas não tive coragem.

— Só isso? – perguntou ele.

— Como? – respondi.

— Estou perguntando se é só isso que você quer falar comigo?

— Só, acho que sim.

— Então você já sabe: procure o Detetive Lopes e não se esqueça de que você vai a uma delegacia concentradora de presos e que você não estará ali a passeio, portanto comporte-se e cuidado. Ainda acho que o melhor era falar com as mulheres vítimas de violência.

Quando estava de saída, agradeci tantas vezes que parecia uma menina que acabara ganhar uma boneca nova do Papai Noel. Doutor Torres sorriu e me deu um cartão com seus telefones, para que eu ligasse caso eu precisasse de ajuda. Naquele momento, lembrando-me do dia do flagrante, falei:

— Doutor Torres, eu queria pedir desculpas...

Ele não me deixou terminar, dizendo que tudo estava esquecido. Quando perguntei se ele sabia do que eu estava falando, ele disse:

— Claro que sei, você está se referindo àquela sua pergunta: se todos os policiais são sempre gentis?

Senti meu rosto esquentar e com certeza fiquei ruborizada. Ele riu. Estendeu a mão, desejou-me boa sorte. Foi assim que me despedi de Doutor Tomes naquela sexta-feira de sol.

Quando saí da delegacia e passava pelo plantão, uns policiais conduziam dois homens algemados. Atrás deles, um policial trazia umas sacolas. Não dava para ver o que estava dentro, mas pareciam pesadas. Igual aos presos da Central do Brasil, aqueles homens também estavam de bermuda, camiseta e chinelos. Com toda aquela movimentação, me deu vontade de voltar e pedir a Doutor Torres para ficar mais um pouco, mas achei que era atrevimento meu. Assim, achei que o melhor era ir embora.

Na esquina da delegacia vi outras viaturas chegando de sirene aberta. Parei para ver. Eram todas da DRE. Com certeza eles voltavam de alguma missão muito importante. Naquele dia, à noite, ao chegar em casa meu pai me disse: "aquele Delegado, Doutor Torres, apareceu na televisão: a equipe dele prendeu o chefe do tráfico do Morro da Mangueira, um tal de Cássio, e um outro comparsa. Vai dar novamente no jornal, vem ver". "Está bem", respondi. Ao assistir a matéria, percebi que aqueles dois homens eram os mesmos que eu havia visto na delegacia. A notícia falava da apreensão de entorpecentes, vai ver que era o que o policial trazia naquela sacola. Fiquei tão emocionada que meu coração até disparou. Mas fiquei quieta e achei melhor não contar nada sobre meu encontro com Doutor Torres.

Capítulo 5

O dia da visita

Era dia de visita, o dia em que fui à Polinter do Grajaú. Como me perdi no meio do caminho, acabei pedindo ajuda a um frentista de um posto de gasolina próximo, que foi logo dizendo: "você está procurando a antiga Delegacia do Grajaú. Siga em frente, ela fica um pouco antes do Jardim Zoológico".

— Você está atrasada! – continuou. – Hoje é dia de visita e a essa hora já tem muita gente na porta.

Agradeci e, mesmo sem querer, já fui apresentada ao lugar.

Estava no Grajaú, bem próximo ao antigo Jardim Zoológico, e toda segunda-feira era dia de visita. Eram onze e pouquinho quando falei com o frentista e, pelo visto, já estava tarde para tentar visitar alguma presa.

Estacionei o carro em uma rua em frente e, na medida em que me aproximava da rua da Delegacia, podia ver a quantidade de gente na porta. Eram muitas mulheres, muitas idosas, quase todas com jeito de mães. Algumas poucas crianças e quase nenhum homem. Vai ver é porque é dia de trabalho, pensei.

Subi as escadas e cheguei à porta principal. Embora na fachada estivesse escrito "DC POLINTER", internamente ainda havia vestígios de uma antiga delegacia. Digo isso porque, agora que já fui testemunha de um flagrante de roubo e conheço a DRE, sei bem como é uma delegacia. Plantão é algo inconfundível. É local de destaque, afinal é lá que as pessoas recebem o primeiro atendimento.

Quando ainda estava me ambientando ao local, fui abordada por uma senhora que me deu um jornal de uma igreja evangélica. Não tive nem tempo de dizer que eu era católica, católica mesmo, daquelas que vão à missa todos os domingos. Ela foi logo me chamando de irmã, perguntando quem eu iria visitar e me convidando para participar do culto que faziam em sua igreja. Quando eu me preparava para tentar responder, ouvi alguém falando: "Seu Lopes, já pode entrar?".

Imediatamente procurei identificar de onde partia aquele chamado. Nem tive muito trabalho para identificar Seu Lopes. Lá estava ele, cercado de gente. Todo mundo parecia ter alguma coisa para lhe perguntar. Da mesma forma, ele parecia conhecer todo mundo. Sabia de cor não só o nome de cada presa, como as pessoas que estavam ali para fazer a visita.

Todos o chamavam de Seu Lopes. As visitas tinham por ele muito respeito. Seu Lopes fazia várias coisas ao mesmo tempo: respondia às perguntas que lhe eram feitas, dava informações sobre os processos das presas e ainda tinha tempo de fazer um agrado a uma ou outra criança que inevitavelmente ficava ao seu redor, prestando atenção na conversa.

Não tive dúvidas. Seu Lopes era alguém muito importante. Acho que estava tão encantada com toda aquela movimentação que não percebi quando Seu Lopes se dirigiu para dentro da carceragem. Ouvi apenas uma voz dizendo:

— Daqui a pouco começa a visita. Está na hora de organizar a fila. Daqui a pouco eu volto.

Não tive tempo de chamar Seu Lopes. Ele foi embora. Imediatamente, toda aquela gente, sem qualquer orientação, foi se posicionando na fila de forma ordeira. Nesse momento um outro policial apareceu e falou:

— Todo mundo com a carteira na mão. Assim a fila anda e não atrasa a visita.

Ele recebia a carteira e anotava para quem era a visita. Enquanto isso, em outra sala, eram vistoriadas as bolsas. Apesar da movimentação e da quantidade de gente, tudo fluía com tranquilidade e uma certa rapidez.

Não precisou muito tempo para que eu percebesse que provavelmente seria impossível falar com Seu Lopes. Nem arrisquei e dirigi-me aos policiais que faziam o credenciamento e a revista das visitas. Nesse momento lembrei da fala de Seu Leônidas: senhora, aguarde sua vez.

Quando eu me preparava para sair, o destino me ajudou. Do nada Seu Lopes apareceu. Aliás, já percebi que os policiais não raras vezes surgem do nada. Nesse momento, arrisco:

— Seu Lopes, o senhor...

— Senhora, não posso lhe atender agora. Estou dando a visita e é impossível lhe atender.

— Eu só queria...

— Senhora, eu já disse que não posso lhe atender. Se quiser, aguarde o final da visita.

Nesse momento percebi que Seu Leônidas tinha razão: há tempo de falar e de calar. Assim, desisti. Olhei a hora e achei melhor ir embora e voltar outro dia. Na saída, fui novamente abordada pela mulher evangélica. Aproveitei e perguntei:

— Todo dia é dia de visita?

— Sim, Seu Lopes dá visita de segunda a sexta. Sempre nesse horário. Às vezes vai até mais tarde, porque tem muita presa.

Quando saí da delegacia, estava muito calor. Fiquei pensando naquela gente toda no sol e de como seria difícil encontrar na cadeia alguém que se ama. Engraçado, mesmo com o sol, mesmo com o calor ou com a dor, aquelas pessoas pareciam felizes.

Parei em um bar em frente para tomar uma água. O dono me lembrou meu pai. Era um comerciante português. Sem sentir, comecei um papo e ele me disse que estava ali há muito tempo, desde quando era 20ª DP. Demonstrando conhecimento, falou o nome de vários delegados. Lá pelas tantas, uma senhora que estava por perto, sem pedir licença, passou a participar da conversa dizendo:

— Lembra da Delegada filha de portugueses? Uma que ficou famosa – disse ela. Contou que a delegada nunca descansava e que ficava conversando com todo mundo até tarde da noite. No dia de plantão dela ninguém dormia, nem os policiais, nem os vizinhos.

— Os vizinhos também? – perguntei.

— Os vizinhos também. É que ela é meio baixinha e adora andar de salto alto. No silêncio da noite, eu, que moro no apartamento da frente, sempre ouvia o barulho do salto alto dela. Teve até um 31 de dezembro em que eu fui desejar feliz ano novo para ela. Devia ter mais ou menos quinze policiais lá com ela. Acho que ela trouxe uma ceia para todo mundo. Tinha o pessoal da delegacia e de outros lugares. Tinha até gente do CORE, aquele órgão operacional que é chamado sempre que tem confusão. Chegou a ser bonito ver aqueles policiais todos juntos jantando e do jeito deles comemorando o ano novo. Depois desse dia, toda vez que eu estava na varanda ela acenava. Depois ela saiu daqui e foi trabalhar na delegacia de mulheres. Aí é que ela ficou famosa. Acho que é também porque ela tem nome de miss.

— Mas agora quem manda aí é o Seu Lopes – falou o comerciante.

— É, o Seu Lopes... ele também chega cedo – disse ela.

— Dá uma pena ver essa gente no sol – disse o comerciante.

— Pena que nem sempre elas aprendem e continuam fazendo bobagem – disse a mulher.

Retornei àquela carceragem uma semana depois e, como uma menina assustada, repeti meu ritual. Ao sair de casa, temendo que algo me acontecesse, avisei a meu irmão que iria encontrar Seu Lopes. A exemplo da outra vez, eu também estava muito ansiosa com aquele encontro. Eu não tinha a menor ideia de como seria recebida, se seria possível entrevistar aquelas presas, reencontrar Diana. Enfim, tudo parecia distante e difícil.

Eram dez da manhã quando cheguei à Polinter – Grajaú. Como da outra vez, a fila era longa e organizada. Quando me aproximei da entrada, novamente pude perceber a grande quantidade de mulheres idosas que estavam na fila. A uma delas perguntei como poderia fazer para ser atendida. Ela imediatamente me indicou que aguardasse, pois Seu Lopes já havia chegado e com certeza desceria para falar com todos.

É interessante: em nenhum momento falei o nome de Seu Lopes, mas, sem dúvida, era ele a maior referência daquele lugar. Passado algum tempo, percebi um burburinho de vozes e uma movimentação na fila quando olhei era ele. Seu Lopes acabara de chegar. Imediatamente as pessoas o cercam, inúmeras perguntas são feitas ao mesmo tempo. Até as crianças se aproximam. Nesse momento, no meio de toda aquela confusão organizada, consigo chegar até ele e de forma acanhada pergunto:

— Posso falar com o senhor?

— Pois não, pode falar.

— Doutor Torres me mandou até aqui.

— Algum problema? – perguntou ele.

— Não – respondi. – É que eu queria falar com umas presas e...

Não deu nem mesmo tempo de continuar. Seu Lopes foi logo dizendo:

— Já sei, a senhora é a pessoa que vai fazer a pesquisa. Doutor Torres já conversou comigo. Aguarde um pouco que já vou lhe atender.

É curioso como os policiais são práticos. Falei com Doutor Torres, que falou com Seu Lopes, que foi logo deixando claro que iria me atender.

Não sei dizer quanto tempo demorou para Seu Lopes me atender. Em dado momento, ele me disse:

— Por favor, me dê seu documento de identidade. Aproveite e abra a sua bolsa para que eu possa examiná-la.

Imediatamente obedeci, sem questionar. Seu Lopes, de forma natural, me disse:

— Ninguém pode ingressar na Carceragem sem ser identificado e revistado. Esse não é um local comum. Aqui temos de nos preocupar com a segurança do local e das pessoas.

Todos os movimentos de Seu Lopes eram orquestrados. Ele via minha identidade, anotava meus dados, olhava minha bolsa, ao mesmo tempo em que mantinha um certo olhar de vigilância sobre o lugar. Sem falar muito, subimos uma escada e fomos até sua sala. Como era comum em todas as delegacias que fui, Seu Lopes atendia a mim e a outras pessoas ao mesmo tempo.

Em dado momento ele me diz:

— Então o que a senhora deseja?

Falo da minha pesquisa e do meu desejo de ouvir Diana. Ele então me pergunta:

— Por que Diana? Não pode ser com outra presa?

Começo a contar sobre o episódio do ônibus e sou interrompida.

— Já me lembro, Doutor Torres me falou sobre o ocorrido.

Imediatamente Seu Lopes se levanta e pede que façam uma pesquisa com o nome de Diana, ao mesmo tempo em que continuamos nossa conversa. Logo em seguida, um funcionário traz as informações sobre Diana. Nesse momento, quando eu pensava que Diana seria trazida à minha presença, Seu Lopes me diz:

— Sempre gosto de atender às autoridades, mas já falei com Doutor Torres que preciso de um documento seu para meu Diretor, pedindo para entrevistar as presas. Diana e as outras só falarão com a senhora se elas quiserem, do contrário não poderei ajudá-la.

Nesse momento, ainda com um ar de decepção, tento saber quando poderia entrevistar Diana e as demais presas. Seu Lopes foi taxativo:

— Primeiro a senhora faz um requerimento por escrito para que eu possa conversar com meu diretor. Se ele autorizar, terei um imenso prazer de lhe ajudar, mas sem a autorização dele nada poderei fazer.

Assim, desiludida, ainda tentei fazer algumas perguntas sobre Diana, mas, como sempre, os policiais têm um jeito próprio de terminar uma conversa e o fim sempre se inicia pela palavra "senhora". E assim foi:

— Senhora, eu não posso lhe dar qualquer informação sobre as presas sem a autorização do meu diretor. Quanto mais rápido a senhora trouxer o requerimento, mas rápido eu poderei lhe ajudar. Então, ficamos assim: a senhora traz o requerimento e eu falo com meu diretor. Estou aqui todos os dias. Este é o meu telefone. Qualquer dúvida, me ligue. Agora a senhora vai me dar licença, mas eu tenho que iniciar a visita.

Foi assim, de forma rápida e educada, como sempre fazem os policiais, que Seu Lopes se despediu de mim.

Não lembro bem quanto tempo levei até ter a autorização para ir conversar com as presas. Só sei que um dia, no meio da tarde, liguei para Seu Lopes e ele me disse que estava tudo resolvido e que eu poderia ir até lá entrevistar as presas.

Capítulo 6

O dia em que Diana me apresentou Adrianinho

Eram quase três horas quando cheguei à Carceragem. Não havia mais fila e Seu Lopes já me aguardava. Estava esperando em sua sala quando ele chegou com Diana. Nada nela havia mudado, ela continuava de bermuda, camiseta e chinelo. Seus cabelos estavam curtos e tingidos. Para minha surpresa, ela se apresentava como "Adrianinho". Percebi que esta era uma pessoa de estatura baixa, tal qual um menino.

Seu Lopes me apresentou e perguntou se ela me conhecia. Ela me olhou e disse que se lembrava de mim, mas não sabia bem de onde. Nesse momento Seu Lopes vira-se para mim e afirma:

— Posso falar ou a senhora mesmo fala?

Eu estava tão impactada com aquele momento que apenas disse:

— Não, o senhor pode falar.

Assim, de forma clara e precisa, Seu Lopes fala da minha pesquisa e que seria importante ouvi-lo.

— Então, você se importa em falar com a Doutora? Mas, antes de você me responder, a Doutora tem uma coisa para te contar.

Fiquei paralisada e mal consegui articular meu pensamento. Percebendo minha angústia, Seu Lopes afirma:

— Adrianinho, a Doutora já encontrou com você, por conta de um caso da 4ª DP. Você lembra de ter passado por lá?

— Lembro sim, disse ele. Respondi a um cinco sete (157) ocorrido dentro de um ônibus.

— Isso mesmo, a Doutora era uma das pessoas que estava no ônibus e agora ela está fazendo uma pesquisa e quer falar com você. Você é quem sabe. Se quiser falar tudo bem, se não quiser falar não ter problema. Você decide.

Adrianinho, me olhando, falou:

— A senhora não estava lá quando eu fui depor no juiz?

— Estava sim – respondi. – Se você não se importar, eu gostaria de conversar com você. Queria entender melhor o que acontece com as mulheres, por que elas vão para o mundo do crime.

— Tudo bem – disse ele. – Por mim, tudo bem.

Como da vez em que o vi na audiência na Justiça, Adrianinho não esboçava qualquer reação ou preocupação. Era aquele mesmo olhar, de quem sabe que perdeu e nada tem a fazer. Quando dei por mim, Seu Lopes já havia reservado um espaço em sua sala para que eu e Adrianinho pudéssemos conversar. Não sei como nem por quê, mas a partir daquele momento Diana não existia mais, quem estava ali era Adrianinho, alguém que eu já havia encontrado, que não conhecia, mas queria conhecer.

Adrianinho é jovem, baixo, moreno, cabelos tingidos de ruivo. Seus gestos são de menino. Fala pouco, mas não se recusa a responder minhas perguntas. Morador do Estácio, já foi preso outras vezes, todas no "um cinco sete" ou "um cinco cinco". Percebendo minha ignorância no assunto, ele me dá minha primeira aula de Direito Penal: 155 é o furto, isto é, a subtração sem violência à pessoa. 157 é o roubo que, segundo ele, é o furto com violência. Os números representam os artigos do Código Penal. Pergunto a ele como aprendeu tudo isso:

— Tive de aprender. Já fui preso muitas vezes.

Adrianinho não tem família. Sua mãe morreu no parto, tendo sido criado pela avó materna. Não tem mágoa do pai, embora admita que com a morte da avó sua vida desmoronou. Entretanto, reconhece que o pai até tentou ajudá-lo quando comprou uma barraca de doces para que o filho tivesse seu próprio negócio. Mas a verdade é que o crime foi a profissão que escolheu. Diz que o pai não tem coragem de vê-lo na cadeia, embora sempre o tenha ajudado. Tem saudade do irmão, bem mais novo que ele, fruto de outro casamento. Nesse momento seu olhar se entristece. Quando pergunto mais sobre o irmão querido, se cala e apenas diz que soube que ele estava preso, não sabendo dizer qual o motivo.

Mesmo visivelmente abalado, Adrianinho fala que no crime só usa arma de verdade, detesta arma de brinquedo. Da mesma forma, não se incomoda em dizer que detesta roubar mulheres: "elas são sempre nervosas e acabam fazendo muito escândalo durante o roubo".

Apesar de só usar arma de fogo, não se considera perigoso. Só rouba para sobreviver. Na cadeia aprendeu regras de convivência. As mais velhas e as grávidas devem ser respeitadas. Outra lição que me ensinou é o significado da palavra "comarca", que é o espaço territorial ocupado por cada presa, uma espécie de terreno no qual estão autorizadas a transitar.

Não sei se meu olhar me denunciou, mas o fato é que Adrianinho foi logo dizendo que era "hermafrodita". Não se veste apenas como homem. Seu comportamento também é de um homem, ainda que por nove anos tenha vivido como mulher. Não se cansa de dizer que se sente como homem. Mesmo sem qualquer indagação, foi logo dizendo que sua condição sexual não fez dele um criminoso.

Quando pergunto por seu futuro, Adrianinho me diz que está na "oitava cadeia", mas que tem jeito, pois só rouba para sobreviver. Acha que ainda dá tempo, afinal só tem 29 anos. Quando sair quer ter seu próprio negócio, quem sabe uma nova barraca de doce para trabalhar.

Ao terminar minha entrevista com Adrianinho, percebo que estou calma e sem medo. É curioso como a figura dele nunca me impôs medo. Primeiro dentro da delegacia, depois no Fórum e agora na cadeia. Em todos esses momentos Adrianinho era apenas mais um, um dos muitos que tinham "perdido", como eles não cansam de dizer.

A conversa acabou. Eu me despedi e agradeci pela entrevista. Adrianinho riu e foi embora, dessa vez com jeito de menino travesso. Olhei pela porta e vi quando foi conduzido pelo policial de plantão, de mão para trás e algemado. Não estava triste ou preocupado. Era cumprimentado por outras presas pelo caminho. Olhando aquela cena pensei: lá vai ele com jeito de menino levado. Com jeito de quem sabe que agiu errado, mas que já conhece o castigo.

Logo em seguida, Seu Lopes chegou. Perguntou se estava tudo bem. Rapidamente falei da entrevista. Lembro que comentei sobre o olhar triste de Adrianinho quando falou do irmão mais novo que também estava preso.

— É família... é sempre família – respondeu Seu Lopes. Sabe, doutora, desgraça a gente ouve todo dia. Uma atrás da outra. Tem hora que a gente nem se impressiona mais.

Agradeci e perguntei se podia voltar outras vezes para falar com outras presas. Seu Lopes disse que sim. Falei que na verdade queria conhecer outras mulheres que levassem a vida no crime. Queria conhecer as que atuavam em crimes famosos, de entorpecentes, sequestro. Seu Lopes sorriu e me pediu que ligasse na próxima semana que ele iria ver quais presas gostariam de me atender.

Como sempre, nem foi preciso falar muito sobre meu projeto, mesmo porque os policiais nem deixam a gente falar muito; eles têm sempre uma forma rápida e eficiente de entender as coisas. Assim, daquele jeito educado e firme dos policiais, Seu Lopes me disse:

— Doutora, boa tarde. Me liga e a gente combina suas novas visitas.

Apertou minha mão e pediu que outro policial me levasse até a porta.

Quando saí, a porta já estava vazia, não havia mais sinal das visitas daquele dia. Fui até o bar, mas aquele senhor português não estava lá. Pedi uma água, tomei um café e fui logo embora, sem papo e depressa.

Assim que entrei no carro liguei para meu irmão, para avisar que tudo estava bem. Eu estava tão ansiosa que, sem pedir licença, fui logo falando sobre a entrevista, momento em que fui interrompida por meu irmão, que me lembrou:

— Estou no trabalho. À noite a gente conversa.

Ansiosa como alguém que guarda um segredo, retornei para casa pensando em tudo o que eu acabara de descobrir. Confesso que o encontro com Adrianinho mexeu comigo, deixando em mim a curiosidade com o que estaria por vir.

Fiquei tão ansiosa para retratar minhas impressões e o depoimento que colhi que sempre que lembrava de alguma coisa eu ia ao computador para registrar. Comprei até um caderninho para fazer minhas anotações. Não queria me esquecer de nada.

Foi difícil esperar a data determinada por Seu Lopes para o novo contato. Assim, no dia combinado, liguei para ele e tive a boa notícia. As presas concordaram em falar comigo. Combinamos que eu entrevistaria uma de cada vez. Com ansiedade típica de quem acabara de receber um presente, me despedi de Seu Lopes mandando um beijo. Com aquele jeito de quem já viu muita coisa, ele riu e me disse:

— Menos, Doutora. A gente se fala na próxima quarta.

Capítulo 7

Era dia de quarta-feira

Era uma quarta-feira o dia em que conheci Minerva. Assim que me viu, Minerva foi logo dizendo:

— Tenho 31 anos e estou presa há 195 dias e 4.600 horas.

Confesso que tanta determinação logo de início me deixou sem fôlego. Talvez por isso tenha perguntado seu signo. Mesmo afirmando que não acreditava em horóscopo, me disse que nasceu em três de fevereiro.

— Sou autoritária. Acredito em Deus e sei que o futuro é sempre melhor.

Não foi preciso fazer perguntas, Minerva sabia exatamente o que fazia ali. Sabia da minha pesquisa e de sua participação, assim, sem qualquer interrogatório. Minerva me disse que nasceu em São Gonçalo. É uma de duas filhas num universo de oito. Falava que vinha de uma família estruturada. Estudou em escola particular e aos quinze anos se casou com um vizinho.

— Casei mesmo – disse ela.

Acho curiosa essa reflexão sobre o casamento. Afinal, ela com quinze e ele com dezoito decidiram se casar de véu e grinalda e se mudaram para Barra Mansa.

Para manter a nova família o marido abriu uma loja de perfumaria, um negócio no qual a família dele tinha tradição. Dois anos depois, Barra Mansa já não era o melhor lugar. Assim, Minerva e seu marido retornam a São Gonçalo.

Seus três filhos não demoraram muito a chegar. O primeiro, cinco anos após o casamento, e os outros dois alguns poucos anos depois. Com dez anos de casada Minerva se separa e com ela leva os três filhos frutos desse casamento.

Minerva parece não ter dúvidas. Afirma que o casamento acabou e que o divórcio foi consensual. Embora separada, continua mantendo bom relacionamento com a família do marido, em especial com a ex-sogra, que a levou para a igreja. É dessa forma que Minerva se tornou evangélica.

Minerva já havia falado em Deus, assim que se apresentou. Agora fala sobre sua conversão e seu afastamento da igreja, motivado pela morte do pai. Começo a perceber que a presença de Deus é algo marcante na vida de Minerva. É nesse momento que percebo que ainda não sei o motivo de sua prisão. Sequestro, ela me diz. Quando pergunto sobre o crime, ela me interrompe e diz:

— Deixa eu acabar de contar sobre o meu casamento.

Quando se casou tinha apenas o segundo grau incompleto. Com a separação, voltou para a escola e fez o curso de

Auxiliar de Contabilidade no SENAC. Quatro anos após o divórcio conhece um novo homem. Seu namorado também é evangélico e trabalha num banco. "Conheci meu novo amor quando fui receber o seguro do meu pai".

O divórcio, o novo amor, tudo estava diferente na vida de Minerva. Agora morava nos fundos da casa da mãe, ainda em São Gonçalo. Trabalhava no centro do Rio e sua função era arrumar clientes para uma empresa que vendia seguros de vida. De cada venda receberia uma percentagem.

A vida até que seguia tranquila. A mãe a ajudava na educação dos três filhos. Tinha um emprego razoável e nos fins de semana ia para Camboinhas.

— A senhora conhece? - perguntou.

— Mais ou menos - respondi.

— É um lugar bem legal. Meu namorado e eu sempre frequentávamos um quiosque e ali conhecemos várias pessoas.

Foi aí que tudo começou. No quiosque conheceu algumas pessoas e falou sobre sua vida. Contou sobre o sítio em Silva Jardim. Um dia um conhecido do quiosque pediu para fazer ali um churrasco. Ela não achou nada demais e emprestou o sítio. Isso foi em setembro. Em outubro, no feriado do Dia das Crianças, o mesmo conhecido pediu para alugar o sítio. Ela não viu nada demais. Afinal, era uma forma honesta de ganhar um dinheiro extra. O sítio foi novamente alugado no feriado do Dia de Finados. A partir daí, sua vida mudou.

Segundo conta, o filho de um grande empresário foi sequestrado e o cativeiro foi no seu sítio. Mesmo se dizendo inocente e ressaltando que em sua defesa ficou comprovado que em nenhum momento foi reconhecida pela vítima, Minerva começa a falar detalhes de sua conduta que deixam dúvida sobre sua inocência. Fala que foi avisada de que a DAS estava à sua procura. Assim que soube fugiu de casa, destruiu o celular, cortou e pintou o cabelo.

— Com a DAS a gente não tem sossego – disse ela.

Como não tinha como ficar escondida por muito tempo, não teve dúvidas: procurou um advogado e se apresentou à Delegacia. Ao ser presa, fala que ficou sem visita e que seu advogado teve dificuldade em assisti-la. É impressionante a desenvoltura com que Minerva fala de leis e dos procedimentos do processo. Relata com precisão as datas das audiências, o tempo que passou presa na DAS e quando foi transferida. Fala sobre os outros presos e não cansa de dizer que é inocente. Até o nome dos delegados ela sabe de cor.

Percebendo que fico impressionada com sua desenvoltura, não se furta em dizer que quer notícias do processo, pelo menos uma vez por semana. Quando sair, vou fazer faculdade de direito e ser advogada. Vou voltar para ajudar minhas companheiras.

A fé é algo importante na vida de Minerva. Não tem medo da sentença.

— Seja qual for, estou preparada para recebê-la. Minha família está estruturada na fé. Os filhos são criados pela avó paterna. O pai deles não deixa faltar nada. Só tenho pena da minha mãe, que não tem forças para me ver na prisão. Mas a saudade eu mato nas cartas que sempre escrevo para ela.

Pergunto sobre a correspondência, ela me diz que não é problema. É um direito do preso. A Direção respeita isso. A visita que recebe é do namorado, que continua a seu lado. Ali também recebe a visita da irmã, dos filhos e de uma sobrinha. O ex-marido não a visita. Ela compreende. O importante é que ele cuida dos filhos.

Quando pergunto sobre as companheiras de prisão, ela me diz que a convivência não é nada fácil. Fala que quando estava em liberdade tinha uma vida confortável e que a prisão tem sido uma provação. A facilidade com que Minerva fala sobre o que é a cadeia me autoriza a bisbilhotar sua vida. Assim, no estilo Minerva, sou direta:

— E a vida sexual, como fica?

Sem perder a pose, ela me diz que a carência é muita, mas que ela não sente vontade de ter relação homossexual, como muitas presas. Tem seu namorado que a visita sempre e que não a deixa cair em tentação.

Quando pergunto a ela quais são seus planos, ela me diz:

— Quando sair, eu vou pegar meus filhos e meu namorado e ficar um mês em algum lugar, longe de tudo e de todos, só matando a saudades.

— Deles? – pergunto.

— Deles e da vida também. Do sol, do vento, essas coisas que a gente tem e só dá valor quando perde. Mesmo presa nunca deixo de louvar a Deus porque, apesar de tudo, tenho o amor dos meus filhos, da minha família e do meu namorado. Eu nunca devia ter saído da igreja quando meu pai morreu.

Nesse momento Seu Lopes entra na sala com um belo menino. Ele não tem dúvidas em abraçar Minerva. "É meu filho", disse ela. Aquele menino bonito tinha um olhar triste. Mas amor de mãe é diferente. Não pergunto nada, nem mesmo aquelas perguntas típicas ("qual o seu nome?", "quantos anos tem?", "qual a sua escola?"). Aquele abraço e aquele amor me impediram de bisbilhotar. Acho que nunca vou esquecer daquele abraço. Despeço-me de Minerva e desejo boa sorte. O menino me chama de tia e me dá um beijo. "Vai com Deus", respondo, quando eles saem conduzidos para a visita que já se iniciara. Seu Lopes pergunta:

— Então, doutora, correu tudo bem?

— Claro – respondi.

— Bem diferente do Adrianinho. Sabe, acho que ela tem chance de não voltar – disse ele. – Tem família, tem marido. Tem apoio. É disso que elas precisam.

Quando saí da carceragem, pude perceber a fila do lado de fora. Eram poucos os homens. As mulheres por certo seriam irmãs, mães e filhas de outras presas. Mulheres diferentes com histórias parecidas e sonhos iguais. Foi com a imagem daquele abraço que terminei minha quarta-feira.

Capítulo 8

O amor fora do lugar

Ceres tem 24 anos, é solteira e mora na baixada fluminense. Tem jeito meigo e fala doce. Como dizem, tem jeito de filha de gente de bem, de boa moça, lembra aquela amiga que a gente com certeza apresentaria ao irmão. Talvez por isso é que por algum tempo fiquei sem perguntar nada, tentando adivinhar o motivo de sua prisão.

Ceres gosta de falar. Assim, mesmo sem ser interrogada, Ceres foi logo dizendo:

— Minha cadeia é de vacilão!

— Como? Vacilão? O que é isso?

— É o jeito que as presas falam. Seu Lopes não contou para a senhora?

— Não.

Mal me deixando respirar, Ceres foi logo contando sua história.

— Vacilação é porque fui presa pelo 136. E, para as presas, crime só acontece quando for pelo benefício dos filhos.

136? o que era aquilo? Lembro de ter ouvido 155 e 157, os crimes contra o patrimônio, mas 136, esse até então eu desconhecia.

Mas Ceres não para de falar, era impossível ouvir o que ela dizia e ao mesmo tempo tentar entender o que acontecera. Educadamente, disse:

— Ceres, eu não estou entendendo. Se você não se importar, eu faço as perguntas e você responde, está bem?

— Claro – disse ela.

Achei que devia a ela uma explicação sobre o que era o projeto antes de iniciar minhas perguntas, mas ela nem deixou.

— Não se preocupe não, doutora. Seu Lopes já me explicou tudo.

Ceres e todas as outras presas não tinham problema para falar. Acho que tem a ver com a prisão. Tive a impressão de que através de minhas entrevistas elas teriam a oportunidade da convivência social e, portanto, falar sobre suas vidas não seria difícil ou constrangedor. Nesse momento lembro de Fátima, minha irmã. A vida toda Fátima se dedicou ao magistério, sobretudo em comunidades carentes, e com as lições que aprendeu nesses dias não se cansa de repetir:

— A desgraça não dá tempo para trauma ou crise existencial.

Assim, sem trauma, Ceres me disse que por cinco meses trabalhou como babá na casa de um amigo de seu cunhado em um subúrbio do Rio. O patrão era taxista e, em razão do trabalho, pois viajava muito, era comum ficar vários dias fora de casa. Como era desconfiado e ciumento, não teve dúvidas: instalou uma câmera de vídeo na sala, para saber como se comportava a esposa na sua ausência.

Um dia Ceres foi filmada agredindo a tapas o menino de dois anos que cuidava. Não se lembra de nada. Só sabe o que aconteceu porque em uma das audiências na Justiça foi obrigada a assistir ao filme. Nas cenas vistas, lembra que o bebê chorava muito e não queria comer. Descontrolada, agrediu-o por várias vezes.

Ceres tenta falar pouco sobre o episódio que parece querer esquecer quando pergunto por que motivo se descontrolou. Fala que estava menstruada e que talvez por isso tenha ficado nervosa. Insatisfeita com a resposta, pergunto se ela apresentava algum problema emocional que justificasse a agressão. Ceres não responde, apenas diz que sabia que o patrão havia instalado a câmara e que não sabe dizer por que se descontrolou a ponto de agredir o menino que cuidava com tanto carinho.

Passado um breve minuto de silêncio, Ceres volta a contar sua vida. Fala que é filha adotiva. Conviveu pouco com sua mãe biológica, que é irmã da mãe adotiva. No momento da prisão tinha namorado e queria ter filhos. Casar-se não, mas engravidar sim. O namoro acabou quando foi presa. Mas não reclama. Diz que perdeu o namorado, mas ganhou o amigo que vai sempre visitá-la acompanhado de sua mãe.

Apesar de tudo, Ceres se diz uma felizarda. Sua família e seus amigos não a abandonaram. Tem sempre visita e nunca se sente só. Quando pergunto por sua mãe, ela diz que foi agredida pela mãe verdadeira e que por isso foi adotada pela tia. Mas não vê nenhuma ligação desse fato com o crime que cometeu.

Nesse momento, como é comum a todas as presas, Ceres também dá sua aula particular de Direito Penal. Explica que 136 é maus tratos e que nesse crime a pessoa maltratada é exatamente a pessoa de quem devia cuidar. No início, diz ela:

— De tanto ouvir o delegado, quase decorei. Ele dizia assim: o crime que a senhora praticou foi de expor a perigo a vida ou saúde da pessoa sob sua guarda... uma coisa dessas.... agora não lembro bem... acho que com o tempo fui esquecendo.

Fazendo sua defesa, ela explica que foi condenada a quatro anos de prisão e que a pena foi pesada. Afinal, era primária e de bons antecedentes. Quando pergunto sobre a pena, ela me diz que a dela foi agravada porque a juíza entendeu que o menino tinha sido agredido. Lesão corporal, falou ela.

— Quando sair da prisão, quero estudar direito e ajudar as presas que ficarem – disse ela.

Diz ainda que tem muita gente boa na cadeia. Se forem ajudados, eles têm salvação. Fala de um jeito carinhoso de Adrianinho.

— A senhora já falou com ele? – perguntou.

— Já.

— Ele não é inteligente? Quando eu sair vou fazer tudo para ajudá-lo. Ele ainda tem uma cadeia pesada para cumprir.

Nesse momento pergunto:

— O que é vacilação?

— Se a senhora não pergunta, até esqueço de contar. "Cadeia de vacilação" é porque, para as presas, o crime só é cometido se for para dar uma vida melhor para os filhos. Como eu pratiquei um crime contra uma criança, acabei sentindo o "reflexo da prisão".

— Reflexo da prisão? – perguntei.

— Doutora, reflexo da prisão é porque as presas ficaram com raiva de mim, não aceitavam o que eu tinha feito. E, por conta disso, eu fui vítima delas.

— Você foi agredida?

— Não quero falar disso não, doutora. O que importa é que hoje eu sei que minha família me ama, meu namorado também e logo logo eu vou sair daqui.

— Namorado? Você não terminou o namoro?

Sorrindo com jeito de apaixonada, Ceres me explicou que o processo e a prisão mexeram muito com ela. Como estava deprimida com tudo o que tinha acontecido, não via motivos para se alimentar. Em razão da greve de fome, foi levada para o Hospital Penitenciário. Durante o período em que esteve internada conheceu o novo namorado, que estava preso por envolvimento com entorpecentes. Namora por carta e, como ele é evangélico, acabou professando a religião que já era vivida por sua família.

— Sabe, doutora, com ele encontrei o amor e a fé, que me ajudam a levar a cadeia.

Quando olho para Ceres seu rosto está iluminado. Com jeito doce e olhar apaixonado, ninguém imaginaria que Ceres teria feito algo capaz de condená-la a quatro anos de prisão.

— Que bom, Ceres, que de alguma forma a vida tem sido boa para você – acrescentei.

— É sim, doutora. Eu não reclamo não. A cadeia me fez ver que sou abençoada. Tenho uma família maravilhosa, um homem bom que me ama e quando eu sair daqui, se Deus quiser, vou ter minha família e ajudar Adrianinho e as outras presas.

— Que os anjos digam amém – retruquei.

— A senhora também é cristã?

— Sou, mas na verdade sou católica.

— É, doutora, mas não esquece, é Deus que sabe de tudo.

Apenas sorri. Afinal, seria um absurdo começar a discutir religião com alguém que naquele momento só pensava em deixar a cadeia e ser feliz.

— Falta muito tempo?

Ceres lembrou a data da prisão, os dias em que estava presa e quanto tempo teria que cumprir caso quisesse sair na condicional. Tantos números que não tive tempo de escrever. Mas achei melhor deixar as anotações de lado e apenas registrar que Ceres, a doce Ceres, num dia amargo agrediu uma criança, foi presa e condenada por crime de "vacilação". Foi perseguida por outras presas e não aguentou. Fez greve de fome, foi para o hospital, conheceu seu amor e se apaixonou. Enquanto isso, espera em Deus a liberdade que um dia virá.

Ao se despedir de mim, Ceres aperta minha mão e me dá um beijo no rosto.

— Desculpa, doutora, se eu falei muito.

— Não, foi ótimo – respondi.

Nesse momento, como sempre, Seu Lopes surgiu do nada.

— A senhora já terminou? – disse ele.

— Terminei – respondi.

— Companheiro, me faz um favor? Conduz a Ceres para a cela.

Assim, lá vai ela sorridente e, apesar de tudo, feliz.

É curioso como Seu Lopes sempre chega no fim das entrevistas. Fala pouco, pergunta se está tudo bem e sempre dá um palpite.

— A Ceres tem futuro – disse ele.

— Ela tem família e no fundo deu um "vacilo" – comentei, como elas mesmo dizem. – Seu Lopes, é curioso, mas ela não me falou muito sobre a família dela. Eles vivem de quê?

— Sei não. Só sei que é gente humilde que mora na baixada, mas gente do bem. Gente do bem! Mais uma lição que a Polícia me ensinou.

Já era tarde quando cheguei em casa. Revendo minhas anotações, fiquei pensando por que motivo Ceres teria falado que estava menstruada quando cometeu o crime. Será que de alguma forma essa condição biológica seria capaz de levar uma mulher a cometer um crime? A curiosidade sobre o assunto e a ausência de resposta me levaram a mais um telefonema para o Doutor Torres. Assim, no dia seguinte, logo no primeiro horário da manhã, liguei para a Delegacia de Entorpecentes e soube que ele não estava mais lá. O policial que me atendeu disse que ele havia sido removido e que estava na baixada, não sabendo dizer qual delegacia. Eu ainda estava desanimada com a notícia da transferência de Doutor Torres quando ouvi no rádio uma entrevista sobre Delegacia de Mulheres. Não foi possível saber o nome da entrevistada, mas o locutor, ao encerrar, repetiu o número do telefone da Delegacia.

Não tive dúvidas. Liguei e uma voz feminina respondeu:

— Delegacia de Mulheres, boa tarde!

— Boa tarde. Por gentileza, eu posso falar com a Delegada?

— Um minuto, por favor.

— Delegacia de Mulheres, boa tarde!

— Boa tarde, eu queria falar com a Delegada.

— Pois não. Em que posso ajudá-la?

— Na verdade, eu estou procurando o Doutor Luiz Torres. Sei que ele foi transferido para uma delegacia da baixada, mas não sei qual. A senhora poderia me ajudar?

— Claro, anota aí. Doutor Luiz Torres é o Titular da Delegacia de Paracambi. O telefone é... 3399-5120. Mais alguma coisa?

— Não, obrigada. Então. Boa tarde, Delegada, desculpe, mas é sempre assim tão fácil saber alguma informação da Polícia?

— Como assim?

— Não, é que a senhora me respondeu de uma forma tão rápida que eu até me surpreendi.

— Senhora, os policiais sempre procuram atender a todos de forma rápida e eficiente. Nem sempre conseguem. Mas com certeza sempre tentam fazer o melhor. A senhora deseja mais alguma coisa?

A Delegada foi tão firme e tão direta que fiquei imaginando como ela seria. Deixei para lá, pois eu estava mesmo era querendo encontrar o Doutor Torres. Liguei para o telefone que a Delegada me deu e logo em seguida ouvi:

— Delegacia de Polícia às suas ordens!

— Doutor Torres?

— Pois não!

— Como vai o senhor? O senhor foi transferido? Aconteceu alguma coisa?

— Não, claro que não. Essas mudanças fazem parte da nossa vida. E a senhora, ainda continua fazendo a pesquisa com as presas?

— Continuo. Que bom que o senhor se lembrou de mim. Na verdade, eu estava querendo conversar um pouco com o senhor, quem sabe o senhor não me ajuda a entender melhor por que as mulheres cometem crimes.

— Veja bem, eu teria um prazer em atender você. Mas minha delegacia é muito longe e como se refere a mulher por que você não procura a minha amiga que trabalha na Delegacia de Mulheres? Tenho certeza de que ela vai atender você muito bem. Faça isso, anote aí o telefone dela. Ligue e diga que fui eu que recomendei você.

— Será que eu preciso marcar entrevista?

— Não, claro que não. Ela é muito simples e sempre disposta a falar sobre as questões de gênero. Tenho certeza de que você vai gostar de conhecê-la. Até eu já falo com jeito de feminista.

Nesse momento Doutor Torres dá uma breve gargalhada e se despede.

— Veja bem, eu estou um pouco ocupado apurando um crime grave e preciso desligar. Qualquer coisa você me retorna. Um abraço.

Foi assim, desse jeito gentil e alegre, que me despedi de Doutor Torres. Queria ter contado que encontrei Adrianinho. Falar de Ceres, de Minerva. Mas não deu tempo. Ele tinha um crime importante pera investigar.

Quando dei por mim, percebi que na verdade o número que Doutor Torres me dera era o que fora divulgado no rádio. Ou seja, a Delegada que me atendeu era com certeza a amiga do Doutor Torres. Aquela com nome de miss e que também trabalhou na Delegacia do Grajaú.

Melhor telefonar amanhã. Acho que ela não gostou quando perguntei se era sempre tão fácil falar com a Polícia. Por algum motivo, não tive pressa de ligar para a Delegada. Acho que a correria da vida, ou outro motivo qualquer, me fez esquecer dela.

Era sábado de manhã quando, repassando minha agenda, vi o telefone da Delegacia de Mulheres. Ela não deve estar lá, pensei. Na segunda eu ligo.

Eram nove horas da manhã quando liguei e uma voz firme porém suave me atendeu.

— Delegacia de Mulheres, bom dia!

— Bom dia. Eu queria falar com a Delegada.

— É ela.

— Delegada, quem me deu seu telefone foi Doutor Torres. Eu estou fazendo um trabalho sobre mulheres e crimes e queria saber se a senhora poderia me ajudar.

— Claro, como a senhora quer fazer? Prefere vir aqui ou posso ajudá-la pelo telefone?

— Não sei, na verdade estou entrevistando algumas presas e queria saber se a senhora pode me indicar alguma bibliografia sobre o tema mulher e crime.

Nesse momento a delegada fez várias perguntas sobre minha pesquisa e me deu algumas indicações bibliográficas que poderiam ser úteis para entender o que leva as mulheres a cometer crimes. Satisfeita, agradeci e argumentei:

— Bem que Doutor Torres me disse que a senhora me ajudaria.

— Fico feliz em saber e não agradeça, isso faz parte da minha militância em defesa das mulheres. Dê notícias. Ficarei feliz em saber do sucesso de sua pesquisa.

— Obrigada – respondi.

— Tudo bem, qualquer coisa me ligue.

— Doutora, só mais uma coisa. Não sei se a senhora lembra, mas uma vez eu liguei e acho que foi a senhora que me atendeu. Eu liguei tentando localizar o Doutor Torres e a senhora me respondeu tão rapidamente que eu até me espantei.

— Não se espante. Torres é talvez um dos meus grandes amigos, ou, como ele mesmo diz, o melhor amigo que a Polícia me deu. Portanto, eu sempre sei por onde ele anda.

— Delegada, ele também fala bem da senhora. Mas confesso que achei que nesse dia a senhora tinha ficado brava comigo.

Ela deu uma enorme gargalhada e disse:

— Querida, tomara que você nunca me veja brava. Está bem? Mais alguma coisa?

— Não – respondi. – Um abraço.

— Boa sorte.

Ao desligar o telefone, percebi que os policiais são diferentes. O tempo para eles é importante. Antiguidade é posto, é assim que dizem. Não sei se por conta do tempo ou da atividade, os amigos são poucos, mas duradouros. São cuidadosos entre si. São rígidos na missão, mas gentis no trato entre si. É sempre "colega", "companheiro"... Há entre eles um espírito de camaradagem. A convivência com eles tem me feito refletir que na verdade temos muito preconceito em relação à atividade policial. Quando pequenos, nossos pais nos faziam ter medo: "é melhor você comer. Daqui a pouco o carro da polícia passa por aqui e vou ter que contar que você não está comendo", dizia minha mãe para meu irmão na hora das refeições. Depois, nosso contato com os policiais é através dos meios de comunicação. Eles são sempre feios, gordos, cheios de cordão de ouro e com a barba por fazer. As mulheres são sempre grandes e com um jeito masculinizado.

É como se eles e elas fossem seres de outro planeta, sem luz, sem cor e com dor. Pensando bem, acho que os policiais dariam um bom estudo de caso.

Capítulo 9

Coisas de mulher

Fazia quinze dias que eu não visitava a Carceragem do Grajaú. Alguma coisa aconteceu comigo nesse período. Acho que a culpa é da Delegada, a amiga do Doutor Torres. Naquela rápida conversa, talvez pelo fato de ser feminista, ela me disse com seu jeito firme: "não importa se elas não são deusas, o que você não pode esquecer é que elas são mulheres". Quando lhe perguntei por que ela estava me dizendo isso, ela não hesitou:

— Você poderia me dizer o nome de uma mulher que tenha se destacado em nossa história oficial?

Como não respondi, ela foi logo dizendo:

— O Brasil tem mais de quinhentos anos e desde a chegada de Cabral à costa brasileira até quase duzentos anos depois não há menção do nome de nenhuma mulher em nossa história. Estou me referindo à história oficial de nosso país. O que temos é referência a paixões dos europeus por índias, aos contatos sexuais com mulheres tidas como exóticas e voluptuosas – e, por conta disso, há quem diga que os jesuítas solicitaram ao rei que mandasse para cá mulheres aptas ao casamento. E, assim, chegaram as órfãs, para constituírem a família. É dessa forma que são compostas as famílias brasileiras: pais soturnos, mulheres submissas e filhos incapazes.

Confesso que fiquei um tempo em silêncio, tentando absorver tanta informação que me era dita de forma simples e direta. Meu silêncio deve ter incomodado a Delegada, pois ela perguntou:

— Você está me ouvindo?

— Claro – disse eu. – É que são tantas coisas novas que eu mal consigo guardar, pena que não estou anotando.

— Não se preocupe em anotar, preocupe-se em compreender e fazer a diferença.

— Como assim? – disse eu.

— Você sabia que, para o padre Vieira, as mulheres só deveriam sair de casa em três ocasiões: para o batismo, para o casamento e para o próprio enterro? Continuando na aula de história, posso dizer que foi a escrava Chica da Silva o primeiro nome de mulher a ser citado na história do Brasil, excetuando-se o das rainhas, que já nascem com o direito histórico de ser reconhecidas. De Chica da Silva sabemos que foi amante do contratador nas minas de ouro, encantando-a através do afeto e do sexo. Depois dela, qual mulher você citaria?

Novamente permaneci em silêncio.

— Marquesa de Santos – continuou. Todos lembram de Marquesa de Santos como cortesã, que por amor a um homem importante de sua época foi por algum tempo poderosa. Ninguém fala de Maria Quitéria, que, embora fosse uma brava patriota, teve de se vestir de homem pera assentar praça na artilharia e lutar na guerra da independência. É apenas isso que eu quero que você entenda. Do seu jeito, a seu tempo, essas mulheres formaram os paradigmas de nossa história.

Quase sem respirar, ela continuou:

— Há um padrão cultural que determinou que os homens dão muita importância ao trabalho, à competência, às conquistas. Enquanto isso, foi reservado às mulheres o gosto por criar relações e compartilhar sentimentos. Mas o mundo mudou e as mulheres também. Ao longo dos anos, as mulheres foram abrindo espaços, muitos foram os protestos, nossas reclamações pelo direito à instrução, ao trabalho e a tudo que nos conduzisse à cidadania plena. Por outro lado, mulheres das mais variadas formas, sozinhas ou não, talvez obrigadas a arcar com a educação dos filhos e o sustento da casa, ou quem sabe por outro motivo qualquer, fracassaram na arte de sobreviver de acordo com a lei e construíram suas histórias no mundo do crime. Veja bem, tenho certeza de que você é capaz de se lembrar das prostitutas, das adúlteras, das feiticeiras, mas não das criminosas. Se você me permite, primeiro você tem que se lembrar que a vida não é um conceito estático ou definitivo, e com as mulheres não foi diferente. Primeiro conheça a trajetória que as mulheres fizeram para chegar aos dias de hoje, depois procure acreditar que a cabeça de mulher é diferente porque o coração de mulher também é diferente. Nossa vida é vivida do lado do avesso, vivemos de forma oposta ao jeito do homem viver. Acredite nisso. Assim, quando você estiver preparada para perceber essa adorável diferença e for capaz de elogiá-la, aí sim você estará preparada para relatar a triste trajetória dessas mulheres que não resistiram aos sedutores caminhos do crime.

— A senhora está dizendo que essas mulheres foram seduzidas por algum homem e por isso cometeram crimes?

— Não, não é bem isso que eu estou dizendo, mas você já reparou que o mocinho quase sempre é um chato e o bandido não raras vezes é encantador? Sabe, nessa minha vida de "cascuda", aprendi a viver um dia de cada vez e a saber que tudo na vida tem uma explicação – no caso do crime, ele integra uma das principais preocupações na agenda do cidadão comum e no caso do criminoso, não penso nele como um ser isolado e sim como o ser racional que ele é. Acho que você tem de pensar como são essas mulheres, de que modo pensam e vivem e qual o lugar delas no contexto da criminalidade. Mas não esqueça, não deixe seu coração falar mais alto e não transforme essa história numa saga de mártires.

Eram tantas informações que eu tinha a sensação de que não havia mais espaço para nenhum outro registro na minha memória. Foi nesse momento que perguntei:

— Doutora, a senhora falou que é "cascuda". O que é isso?

Ela riu e me disse:

— Você não é amiga do Torres? Pergunta a ele... ou melhor, quando você falar com ele, diga que eu pedi para ele explicar a você esse termo.

Nesse momento ela parecia outra pessoa, nem parecia a delegada, sua voz era suave e alegre. Percebi que Doutor Torres também é assim. Pensando bem, até Seu Lopes, mesmo com a correria da carceragem, é bem-humorado. É por isso que digo que os policiais são pessoas diferentes.

A partir dessa conversa com a delegada, passei a querer saber mais sobre o que é ser mulher e o porquê da violência. Durante muito tempo fiquei lendo os textos que ela me indicou e pensando em toda aquela conversa. Foi isso que não me fez ter pressa em voltar para a Carceragem do Grajaú.

Capítulo 10

Erínias

Nem mesmo ela sabia direito pronunciar seu nome. Sempre tinha dúvida se carregava ou não no "s". Às vezes, achava que o nome se arrastava por força de sua origem interior. Qual nada, o futuro iria mostrar que seu destino a levou para caminhos nada provincianos.

Quando a conheci ela foi logo falando que era diferente. Na infância, apesar do cuidado da mãe, dos vestidos bonitos, do cabelo cacheado, alguma coisa estava fora de lugar. Lembra de ter doze anos e querer a companhia dos meninos, não de bola, ou do pião, mas da liberdade de correr sem pressa de voltar, da possibilidade da luta com expectativa de vitória. Os vestidos rodados a incomodavam. A todo tempo batia com suas mãos espalmadas para tentar diminuir a roda produzida pela goma exemplarmente passada por sua mãe como quem passa o manto de uma princesa. Para ela tudo estava fora do lugar. Mas, apesar de tudo, era tão amada pela família que aceitava o fardo do vestido engomado, do cabelo cacheado, da saia rodada e de tudo mais que sua mãe desejasse.

Um dia, não sabe bem por que, sua mãe passou a lhe explicar o que chamou de "coisas de mocinha". Sem muito jeito, a mãe lhe deu um livro, falou sobre as moças de família e pediu que ela não se perdesse. Lembra até hoje da frase: "Deus me livre de alguém fazer mal a uma filha minha". Nesse jogo de charada, a conversa pouco se estende. Ela finge que tudo entendeu. A mãe acha que a missão cumpriu. Assim, unidas pelo amor e pela ignorância, Erínias e a mãe seguem a vida.

O tempo foi passando e seu corpo foi mudando, ganhou formas e marcas, aquelas que eu não preciso explicar. "A senhora sabe", diz ela para mim. Segundo ela, tudo mudou, menos o amor de mãe. Um dia começou a perceber que era diferente. Era menos charmosa, mais rude, gostava de futebol, falava alto, era impaciente, se controlava para não dar um soco na cara de algum comerciante que tentasse enganar sua mãe na hora das compras. Mas havia alguma coisa mais complicada ainda. Começou a perceber que, ao contrário das outras moças, não olhava para os meninos e não olhava para as meninas para copiar o modelo dos vestidos ou o jeito como pintavam os lábios ou penteavam os cabelos. Sem perceber, começou a desejar as meninas. Desejar é uma palavra que não gosta de usar.

Sua família era pequena, pai contador, mãe dona de casa, ela e o irmão mais velho. Havia duas ordens em casa: sempre falar a verdade e estudar ou trabalhar. Assim, com o tempo foi ficando difícil esconder o que sentia. Seu coração pulsava quando via a menina da rua de trás que saía para trabalhar no mesmo horário que ela ia para a escola. Quando chegava no ponto de ônibus, podia sentir o cheiro de lavanda, os cabelos escovados e iluminados pelo sol. Era difícil fazer de conta que não estava prestando atenção.

Um dia sua mãe lhe disse:

— Amanhã vou com você para a escola. Vou visitar uma amiga que está muito doente e que mora lá perto. Podemos ir e voltar juntas. Já falei com seu pai e ele me disse para aproveitarmos a oportunidade e almoçarmos juntas. Que tal? Um programa de mãe e filha, sem os meninos. Vou adorar! Vamos?

Erínias continuou.

— Até a escola foi um monólogo de minha mãe, cujo assunto nem sei dizer qual é. Na porta da escola ela me disse que me encontraria ao meio-dia para almoçar. Não me pergunte o que aconteceu nesse intervalo de tempo entre minha chegada na escola e o almoço que eu não sei. No almoço, falamos da amiga, da possibilidade de viajarmos de férias, da promoção do papai, nenhum assunto que me colocasse em perigo. Como foi bom aquele momento com minha mãe. Hoje, mais velha, acho que Deus sempre nos dá algo bom para lembrar antes de um problema para enfrentar. Quando dobrávamos a esquina de casa, a moça do perfume de lavanda apareceu. Ao vê-la, minha mãe perguntou por sua avó, que é costureira. Virou-se para mim e disse: "lembra da Dona Sandra? Ela sempre fazia seus vestidos rodados. Uma beleza para ninguém botar reparo". Eu apenas sorri e apressei o passo. Ao chegar em casa, minha mãe me repreendeu por eu não ter sido educada. Talvez por ter de falar a verdade ou por estar furiosa com a injustiça, apenas disse: "eu não posso. Eu gosto de menina".

— O que aconteceu depois? – perguntei.

— Minha mãe secamente respondeu: "temos de conversar com seu pai". "E o que isso significa?", disse eu. "Nada", disse ela. Em minha casa, tudo que fosse fora da rotina passava pelo crivo do meu pai. Minha mãe não tinha poder de dizer a sua decisão, entende? Ela poderia ser igual à do meu pai, mas a palavra final teria de ser dele. Aí, quando meu pai chegou, após o jantar, minha mãe falou com ele. Ele foi ao meu quarto e me disse que minha mãe havia lhe dito que queria falar com ele. Assim, com o compromisso de dizer a verdade, falei para ele que gostava de meninas. Ele me disse: "É isso?". Nunca mais tocamos no assunto.

— A vida é engraçada – prosseguiu. – Quando temos um assunto que nos incomoda, as opções são enfrentá-lo, aceitá-lo ou fazer de conta que não existe. Essa foi a opção que eu e minha família adotamos. Durante anos não falamos no assunto. Eu me comportei, tentando ser "a mais mocinha" que eu podia ser. Mas o estudo, o curso de contabilidade e a vontade de viajar e de conhecer outros lugares me libertaram, e o tempo fez com que o medo desse lugar ao desejo. Vi o meu corpo se despedindo da forma de mulher e se tornando cada vez mais homem. Engraçado que me descobri vaidoso, furioso, um verdadeiro sobrevivente. Sou capaz de trabalhar em diferentes atividades. Quero que saibam que sou católico, fiz primeira comunhão. Sou temente a Deus. Amo os animais. Nunca usei drogas. Tenho paixão por minha família. Respeito meus pais e os mais velhos. Não estou na vida para enganar ninguém. Toda a minha vida foi com muito trabalho. Perdi a frente numa discussão com minha mulher, que era ciumenta. Sei que sou culpado e que tenho que pagar pelo que fiz. Lamento a tristeza que causei à minha família.

— O que aconteceu? – perguntei.

— Eu morava com uma mulher mais velha do que eu. Já havíamos separado algumas vezes. Essa tinha sido mais uma de nossas reconciliações.Começamos a discutir por causa de ciúme dela. De repente uma garrafa de álcool cai no chão e a casa começa a pegar fogo. Eu saio, solto os cachorros, chamo os bombeiros e fico no bar esperando. Minha companheira ficou presa. Eu podia tê-la soltado. Mas não. Eu estava furioso. Ela dizia que me sustentava. Que eu morava na casa dela. Isso não era verdade. No hospital constataram que ela teve mais de cinquenta por cento do corpo queimado. Aos detetives ela disse que foi um acidente. Depois o filho dela, que queria se apoderar das coisas dela, começou a inventar que eu tinha tentado matar ela. Com o tempo, os ferimentos foram piorando e ela não resistiu. Eu acabei respondendo por homicídio. Tudo piorou na audiência na frente do juiz, pois o filho de minha companheira ficou me irritando e eu não conversei. Eu sou taurina. Fiquei cega. Parti para dentro dele. Foi preciso um monte de guarda para me segurar. Meu irmão, que é advogado, me disse que isso piorou muito minha situação. Eu não planejei matar minha companheira. Mas poderia ter ajudado ela a sair de lá. Eu não fiz isso por raiva. Aqui no presídio, aprendi que tenho de controlar minha raiva. Não posso ficar com esses rompantes de fúria. Quando cheguei aqui aprendi a ficar calado, a não responder. Procurei trabalhar. Sou vaidoso. Arrumei namorada. Ela foi presa por tráfico. Quem levou ela para a vida do crime foi homem. Já disse para ela que o meu erro foi a fúria, o dela foi o coração. Moça bonita, com um bocado de homem de olho nela. Sem estudo, com filho. Foi logo iludida para levar droga de um lugar para o outro. Nem demorou muito e já foi presa. Tento ajudar. Já comprei até uma bicicleta para o filho dela. Mas não me iludo. Vivo um dia de cada vez. Quando sair daqui na condicional, meu irmão já me explicou tudo. Ele sempre vem me visitar com meu pai. Ele me orienta. Vou viajar para bem longe. Para um lugar onde ninguém me conheça. Meu pai me disse que minha mãe quer que eu volte para casa, mas não sei não. Vou controlar minha raiva e seguir em frente. Agora estou juntando um dinheiro para comprar uma moto e viajar. Ah! Liberdade e vento na cara é muito bom.

Foi assim que me despedi de Erínias, de mãos para trás, cabeça baixa e firme na vontade de seguir em frente.

Capítulo 11

Fortuna era o seu desejo

— Fortuna era o que eu queria.

— Como? – perguntei eu.

— Me perguntaram se eu quero conversar com a senhora para falar sobre os motivos que me trouxeram até aqui. Eu disse que sim. Mas que não queria muita conversa, pois sou uma boa mulher, boa filha, boa mãe e não mereço o que estou passando. Tudo o que fiz foi por meus filhos. Para fazer o que fiz tem de ter coragem. Quando a gente casa é tudo muito bonito. Vestido bordado, véu e grinalda, flores na cabeça, foto colorida, champanhe. Com o tempo, o marido enjoa, diz que a gente está com TPM, que engordou, que a vizinha é mais bonita e que não aguenta mais essa ladainha de todo dia.

Então me pergunta:

— A senhora tem marido? Nunca ouviu isso?

Não tenho tempo de responder. Ela continua.

— Quando me divorciei, meus filhos sofreram muito. O pai foi embora e arrumou uma moça mais nova. Ela, que não é boba, logo engravidou. Para os meus não tinha dinheiro, para o que estava na barriga dela não faltava nada. Aqui na prisão ouvi uma frase que é certa. Pai só é pai quando come a mãe. Desculpa a grosseria, mas é verdade. Então, era filho reclamando que não tinha mais o biscoito que ele gostava, era conta vencendo e o diabo tentando. O diabo era o marido da minha prima, que me contou que era possível ganhar um dinheiro fácil fazendo transporte de droga de um estado para o outro. Quando a senhora olha para mim, logo vê que eu tenho cara de mulher séria, de dona de casa, mãe de família. Ele logo me disse isso e falou que seria fácil eu passar com a droga e que ninguém iria descobrir. Sou do Centro-Oeste, tenho três filhos, fazia comida congelada para manter minha família. Depois de um tempo, comecei a pensar na possibilidade de fazer uma viagem para ver como era. Pensei: vou fazer uma só e nada mais. Assim, lá fui eu. Encontrei o contato que me explicou o plano. Teria de ir até o Paraguai e pegar um carro e trazer o carro até uma capital do Centro-Oeste. Não quero falar muito não. Aprendi aqui que quanto menos a gente fala melhor. O carro era chique, de gente de classe média. Eu dirigia quatrocentos quilômetros por viagem do Paraguai até o ponto final, quando deixava o carro num posto de gasolina. Ao final eu ganhava dez mil reais por viagem. Comecei a tomar alguns cuidados: comprei um celular de cartão para falar com meu contato, saía sempre à meia-noite da minha cidade, para não ser notada. Ninguém sabia o que eu estava fazendo. Para minha mãe, dizia que estava indo ver se conseguia vender meus congelados no Rio e em Minhas Gerais. Com o tempo comecei a achar que poderia ter autonomia. Em vez de apenas transportar a droga comercializada anteriormente, fiquei pensando que poderia assumir outras responsabilidades, quem sabe comprar diretamente. Afinal, em um ano já havia feito sete viagens. Fui me tornando mais atenta, sabia que a maconha fazia muito volume e tinha um cheiro forte. Consegui estabelecer contato com comunidades de algumas cidades de São Paulo, como Barreto, Santos, Campinas e Presidente Prudente. Aprendi a calcular o lucro utilizando como proporção 100 quilos de coca para 180 quilos de maconha, levando em conta o deslocamento, a gasolina, o tempo e o lucro propriamente dito. Posso dizer que, se eu gastasse trezentos reais, a venda da droga sairia por mil reais. Fiquei sem amigos e sem amores. Meu coração estava só e eu bem acompanhada do dinheiro da droga e da adrenalina que a venda me proporcionava.

Pergunto se sempre tudo deu certo. Ela responde que não e me diz que a vida dá sinais, mas que a fortuna cega e não deixa a verdade aparecer. Antes de ser presa levou um tombo. Mas não se deu por vencida, na carga seguinte recuperou a perda. Com o tempo, achou que estava mais esperta e passou a trazer também munição de pistola. Aí foi presa.

Precisa contar que sua mãe lhe chamou num canto e disse: "olha, não sei o que você anda fazendo, mas não é com dinheiro de marmita que você está mantendo a mim e seus filhos. Eu não sou burra". Para tentar disfarçar, repreendeu a mãe e disse que era coisa chique e que ia fechar um grande negócio no Rio de Janeiro. Deu um sorriso forçado e a abraçou. Essa foi a última vez que viu a mãe.

No dia seguinte, veio para o Rio de Janeiro trazendo uma carga de quarenta quilos de cocaína e trezentas munições de nove milímetros para pistola para uma comunidade da baixada fluminense. Foi presa pela Polícia Federal, que revistou seu carro e conseguiu perceber que o fundo era falso. Foi condenada a mais de dez anos de prisão. Tentou recurso, mas só teve a pena reduzida em um ano.

— De todas as presas, sou a mais solitária. Minha família vem me ver muito pouco. É muito longe e muito caro. Minha mãe estava quase se casando com um professor quando fui presa. Ele a deixou quando fui presa. Aliás, me sinto culpada por muitas coisas. Meu filho mais velho voltou a morar com o pai. Ele diz que o pai saiu de casa porque eu não era cuidadosa com ele. Às vezes isso me magoa, mas entendo meu filho. Não lutei por meu marido. Acho que ele fez algumas coisas para que eu voltasse, mas eu queria mostrar que seria capaz de viver sem ele. Meu filho do meio é quem me escreve, além de minha irmã e irmão, que cuidam de minha mãe. A minha filhinha é fruto de um relacionamento com um homem mais novo, mas ela não sabe o que aconteceu. Ela pensa que eu estou trabalhando fora. É duro viver sozinha. No dia da visita, fico de longe olhando as famílias. Na hora da TV, sempre choro quando aparece criança. Me apego à religião para não cair em tentação novamente. Não quero saber de confusão com outras presas. Só quero trabalhar e estudar. Estou esperando a decisão do juiz que permita que eu cumpra pena lá no meu estado, no Centro-Oeste, para ficar perto de minha família. A lei é injusta. Devia se preocupar com as mulheres com filhos. Afinal, elas cuidam da família.

Quando pergunto se ela não ficava pensando nas outras mães cujos filhos eram reféns das drogas, ela disfarça e diz:

— Ninguém põe arma na cabeça de ninguém para usar, só usa quem quer e não tem juízo.

— Você também acha que não teve juízo?

— Sei lá! Acho que se eu tivesse um homem bom do meu lado, nada disso teria acontecido. Em vez do mundo e da fortuna, ganhei a dor e a solidão.

Capítulo 12

Sirena

Hoje foi um dia difícil, daqueles que começam se arrastando. Hoje é aniversario de meu pai Horacio, o primeiro após o seu falecimento. Meu pai era um homem sábio, o mais sábio que conheci. Tinha poucos estudos, só o primário, mas sabia como ninguém identificar os problemas, ouvir as angústias, superar os medos e vencer desafios. Contava que se recusou a ir à Guerra de Salazar. Afinal, tinha dezessete anos e não via motivo para permanecer em Portugal por conta de uma guerra que não era sua. Quando chegou ao Rio foi acolhido por uma amiga de minha avó e por ali ficou em uma cama improvisada por três cadeiras e um cobertor. Trabalhou, trabalhou, trabalhou e para uma pensão se mudou. Algum tempo depois conseguiu se tornar sócio de uma padaria. Entre uma fornada e outra, desse universo nunca saiu.

Alguns registros da vida de dono de padaria ainda trago comigo. Seu passo cuidadoso às quatro da manhã quando se levantava para trabalhar. O pão quentinho com manteiga e açúcar que adorávamos comer no café da manhã. Em minha casa havia um ritual toda vez que algum parente nos visitava. Minha mãe dizia:

— Vai à padaria e avisa a seu pai que minha prima está aqui.

Lá ia eu e voltava com seis bisnagas, dois pães doces grandes e um pacote de manteiga. Coisas do coração!

Meu pai morreu em razão da doença de Parkinson. Ao longo dos anos foi perdendo seus movimentos, sua agilidade, mas jamais a esperança. Entre uma consulta ou internação, sempre repetia: "estou de bem com a vida".

Quando penso em meu pai, lembro sempre de um conselho que um dia me deu:

— Fique atenta que a vida te mostra o futuro.

E foi pensando nesses sinais que percebi que a vida iria mudar quando um dia ele me disse:

— Estou cansado. Estou doente da alma.

E assim, lá foi ele! Sereno e lúcido como sempre.

Movida por memórias tão intensas, segui para mais um dia naquele presídio. Seu nome era Sirena. Lá estava ela! Cabelos compridos, voz solta, gestos firmes. Foi logo dizendo:

— É a senhora que quer ouvir a história da gente? Então pode anotar! Sou a terceira filha de meu pai. A primeira de minha mãe. Meu pai era um homem de muitas palavras e poucos gestos. Vaidoso como ninguém, dizia que mais importante que os fatos são as palavras. Talvez por isso fosse encantador. Capaz de conquistar muitas ou quase todas. Levou a vida com sedução. Antes de minha mãe conheceu duas mulheres. Para sorte dele, teve apenas filhos homens. Minha avó era uma mulher endurecida pela vida. Fazia questão de dizer que tudo era pouco para meu pai. Nesse mundo de imperfeições ninguém era suficientemente bom para seu filho. Os primeiros romances não a importunaram. Mas minha chegada foi seu suplício. Homem é fácil de criar. Mulher só dá trabalho.

E prossegue:

— Odiava minha mãe e me desprezava. Não tenho lembrança de casa de vovó, de um presente ou carinho. Pelo contrário, ela sempre dizia: "essa mulher e essa menina foram um atraso em sua vida". Com o tempo minha mãe não respondia mais, apenas dizia: "deixa pra lá. A gente não precisa dela. Quando morrer vai arder no inferno!". Meu pai? Ah! Meu pai... esse tinha um coração voltado para a aventura. "Meu coração é do mundo", dizia ele. Com o tempo, meu pai fez o que sempre fazia: entregou seu coração a outra mulher. Lembro bem de uma das muitas brigas que meus pais tiveram, quando ele disse: "isso não é novidade para você! Você roubou meu coração, que pertencia a outra mulher...". Eu tinha dez anos quando minha mãe me disse: "me dói mais ele me ignorar do que me trair". Minha mãe e eu seguimos em frente. Com pouco dinheiro e pouco afeto. Minha mãe era uma mulher sem luxo, sem sonhos e sem perspectivas. Sempre dizia que eu era bonita demais. Que beleza não põe mesa e só dá trabalho. Reclamava quando eu pedia um vestido novo. Dizia que eu era "luxenta" igual a meu pai. Depois de muitos anos vi minha mãe sorrir novamente. Gurgel era o nome dele. Minha mãe o conheceu na casa de uma amiga. Era viúvo com dois filhos homens, de oito e seis anos. Contava que a mulher havia morrido há dois anos por câncer de mama. Dizia com orgulho que tinha casa própria, carro e que seus filhos seriam "doutores". Repetia que "filho dele não vai dar para coisa ruim. Não esperem por mim em visita a prisão ou hospital de gay!". Minha mãe ficou encantada. A casa era grande. Tinha garagem, três quartos, copa, cozinha e ficava em uma rua tranquila do subúrbio carioca. Quando dei por mim, lá estava eu na casa cor de rosa. Minha mãe me dizia: "se comporta e agradece! Parei de trabalhar. Posso cuidar de você e dos meninos". Nem mesmo nesse casamento de seus sonhos, nunca vi minha mãe descansar ou cuidar de si. Na casa cor de rosa, lavava, limpava, cozinhava e cuidava dos meninos que agora chamavam-lhe de mãe. Quanto a mim, constatei o que minha avó dizia: mulher só dá trabalho. Gurgel dizia que eu era responsabilidade de meu pai. Não demorou muito para não haver espaço para mim na casa cor de rosa. Diante de meus pedidos, minha mãe dizia: "fala com seu pai". Meu pai nunca atendeu a um pedido meu. Dizia que estava sem dinheiro e que tinha de pagar o tratamento de saúde de minha avó. Lembro bem! Eu tinha dezessete anos e namorava o Rick. Eu tinha os desejos da adolescência: roupa nova, maquiagem, festas. Nesse tempo eu já tinha desistido de meu pai e minha mãe. Eu me virava como podia. Fazia unha das minhas amigas. Vendia roupas de uma vizinha que tinha uma pequena confecção. Mas era pouco. Meus sonhos eram altos, como devem ser os sonhos da juventude. Foi assim por conta dos meus sonhos que cometi meu primeiro erro. Com o passar do tempo, percebi que meus vizinhos me olhavam. Era um olhar de quero mais.

Essa era uma frase de minha avó que nos almoços de domingo insistia com meu pai: "pode repetir. Você já está com esse olhar de quero mais".

Ela continua:

— O olhar deles não me incomodava. Eu os desprezava. Eram velhos e barrigudos. Eu queria alguém que estivesse longe das ruas do subúrbio. Alguém diferente de Gurgel. Tinha de ser bonito, charmoso e rico. Bonito, pois eu sabia que era linda e era por isso que minha avó me sentenciava. "Essa aí vai dar trabalho", dizia ela. Charmoso, algo que Gurgel nunca foi. Meu pai dizia que quem não sabe dançar não serve para viver. Pobre de minha mãe! Com meu pai valsou pela vida e se perdeu. Conheceu Gurgel e desapareceu. O homem que eu teria a meus pés seria bonito, charmoso e rico. Capaz de adivinhar e satisfazer todos os meus desejos. Tudo num homem só! Os vizinhos se ofereciam para pagar um sorvete, um sonho de padaria, mas eu nunca aceitava nada. Desde cedo compreendi que pouco e nada é a mesma coisa. Um dia uma nova família chegou e no fim da rua Maurício apareceu. Diziam que vivia com a mãe. Que era bom filho e que tinha olhos no mundo. Maurício Marrento, era assim que falavam dele. Homem calado, de poucos amigos, mas que tinha carro e saía sempre sozinho. Nunca vi Maurício com uma mulher. Maurício era um mistério. Com o passar do tempo, alguém disse que Maurício era um empresário de sucesso. Morava em Copacabana. Que só aparecia no subúrbio porque era bom filho e a mãe se recusava a sair do subúrbio. Havia algo entre Maurício e a mãe que me incomodava, mas eu não sabia o que era. Muito tempo depois, descobri: o olhar de cumplicidade que minha avó tinha com meu pai. Eles, sim, eram um verdadeiro casal!

Ela prossegue:

— Pois bem! Um dia Maurício Marrento estava saindo de casa e eu do nada perguntei: está indo para Copacabana? Me dá uma carona? Ele me olhou de cima a baixo e em silêncio abriu a porta e disse: "entra!". Ali começava minha vida fora da lei! Quando dei por mim, mentia para minha mãe e me encontrava com ele em frente à Delegacia perto de nossa casa. Como não tinha telefone, eu ficava espiando-o e descobri que ele sempre saía de casa depois das duas da tarde. Eu ficava lá parada esperando-o me ver e me pegar. Logo no início ele me perguntou: "o que você quer?" "O que você quiser", respondi. Com o tempo fui mentindo cada vez melhor. Essa é apenas uma das minhas mentiras. Pouco importava. Eu era invisível. Minha mãe sabia que minha presença incomodava Gurgel e o melhor era me ignorar. Eu mentia e minha mãe aceitava. Um dia ela acreditou que eu iria ficar uns dias na casa de minha avó. Apenas me disse: "vê se essa megera tira um dinheiro do seu pai". Hoje, quando penso em tudo isso, não consigo ter raiva de minha mãe por não ter me segurado. Eu sabia que eu era um fardo, alguém que foi fruto de uma rápida paixão. Ela sempre repetia: "eu errei e você me mostra esse erro todos os dias".

Sirena conta:

— A casa em Copacabana era uma quitinete úmida e barulhenta. Maurício dizia que precisava de pouco e que juntava dinheiro para quando a mãe precisasse. Um dia não fui embora. Observando a casa, percebi que era um entra e sai de homens. Quando isso acontecia ele sempre me dava uns trocados e dizia: "vai comprar um mimo para você". Pois bem! Um dia Maurício me disse: "toma esse dinheiro. Compra um vestido novo, faz cabelo, unha, o que você quiser. Vamos sair e quero você a mulher mais linda da festa". Eu já tinha quase dezoito anos. Maurício e eu tínhamos intimidade, mas ele nunca forçou nada. Confesso que isso me agradava. Minha mãe sempre dizia: "Deus me livre alguém dizer que viu minha filha saindo de um motel!" Maurício era respeitoso. Sempre dizia: "tem momento certo para uma menina se perder". Pois então, esse dia chegou. Menti como sempre. Me arrumei toda. Chegamos na festa e percebi que era uma casa grande, com uma sala enorme, muita bebida, muito cigarro, muitas mulheres e uns homens estranhos que ficavam apenas observando. Num determinado momento Maurício chegou e disse: "tenho de ir embora. Minha mãe está passando mal. Meu amigo vai te levar para Copacabana". Não entendi nada. Foi tudo tão rápido que nem tive reação. Maurício saiu e bateu a porta. Quando dei por mim, percebi que não tinha a chave. Rapidamente o homem me disse: "a chave está comigo". Passados alguns minutos o homem me disse: "vamos embora?" Eu imediatamente consenti. Não vi graça nenhuma naquela festa. No carro foi um silêncio só. Chegamos ao prédio. Na portaria o homem disse ao porteiro: "na volta pago seu café". No apartamento pedi a chave e ele em silêncio abriu a porta e entrou. Agradeci e disse que ele podia me dar a chave que eu ia trancar tudo direitinho. "Deixa de palhaçada e tira a roupa", disse ele. "Paguei caro por você", continuou. Até hoje me culpo por não ter resistido. Foi tudo tão rápido e tão bruto. Com o tempo desisti e aceitei. Era menos doloroso.

Ela explica:

— Foi assim que deixei de ser uma moça de bem. No dia seguinte acordei com o barulho da porta abrindo, era Maurício. Ele tinha o mesmo olhar do homem. Olhar de superioridade. Me deus uns trocados e disse "se arruma. Está na hora de voltar para casa". Entrei no carro em silêncio. Quando chegou na porta de casa saltei e ele disse: "boca fechada! Gurgel te expulsa se souber da tua noitada". Passei dias quieta em casa. Minha mãe foi logo dizendo: "seu pai aprontou o quê?" Gurgel acrescentou: "esse povo queimado é assim, quando não apronta na entrada, prepara a saída".

— E o que aconteceu depois? – perguntei.

— Nunca mais vi Maurício. Ainda fiquei uns dias esperando. Ele passava e não parava. Um dia Gurgel chegou em casa e disse: "vi esse Maurício com um mulherão. É muita areia para o caminhão dele". Deixei de ir à escola. Perdi o ano. Gurgel disse: "tem de trabalhar! Não sustento vagabunda". Resolvi então buscar emprego. Fui às lojas de Copacabana e virei vendedora. Um dia uma mulher me disse: quando quiser uma vida melhor me avisa. Lembro bem desse dia. Era um olhar sabido. Um olhar de quem faz de conta que a vida é fácil. Queria dizer que fui iludida. Mentira. Sabia bem o que aquela mulher dizia. Tanto é verdade que respondi: "tudo é uma questão de conversa". Não demorou muito e fui me cansando. Cansando do ônibus cheio, da grosseria de

Gurgel, do dinheiro contado. Minha mãe me dizia: "o que a cabeça não pensa o corpo paga. Quem mandou não estudar? Foi cair na lábia de seu pai. Ele bem que te abandonou". A mudança de vida veio chegando sem pressa. Um belo dia a mulher voltou e eu perguntei: "quando posso começar?" "Quando você quiser", respondeu ela. Em casa foi fácil. Ninguém prestava atenção em mim. Minha mãe aceitou serena quando falei que iria dividir um quarto na casa de uma amiga. Gurgel achou ótimo. Menos uma boca para alimentar. "Já está na hora dessa moça se sustentar", disse ele. Arrumei minhas coisas. Deixei metade das minhas roupas. Minha mãe esboçou um estranhamento, mas aceitou meu argumento de que no trabalho tinha uniforme e que eu queria juntar dinheiro e voltar a estudar. "Melhor assim", disse ela. "Quem guarda tem", completou. Mentir para minha mãe era o que eu mais fazia. No início me sentia culpada, mas com o tempo passei a desprezar minha mãe. Ela aceitava tudo: a arrogância de Gurgel, a chatice dos filhos dele e minha mentira. Por uma foto de família sem graça e amarelada, tudo valia a pena.

Sirena prossegue:

— Deixei o emprego e permaneci em Copacabana. No dia combinado ela me pegou numa lanchonete e me disse a primeira e única lição: o freguês tem sempre razão! Tudo foi dito de forma clara. Sem firulas e sem mentiras. O sucesso dependia de nós. Em seguida perguntou: "qual será o seu nome? Não vale o atual. Esse é nome de pobre". "Susie", respondi. "É o nome da boneca que não tive". Ela deu um sorriso, me abraçou e falou: "esquece o passado. Ele não serve para nada. Pensa no futuro. Pior que está não vai ficar". A mulher pedia para ser chamada de Madame. Dizia que era assim que o pai se referia às mulheres ricas para quem trabalhou. Madame era uma mulher segura, de gestos precisos e poucas palavras. Sem rodeios, nos dizia quem iríamos receber e do que gostavam. Ela conhecia cada uma de nós. Nos lembrava das datas importantes e dizia que domingo é dia de colo de mamãe. Dia de ir para casa. Com o tempo deixei de lado, troquei a visita pelo telefonema e uma mentira. Um dia Madame me disse: "não desista dela. As mães também erram, mas são nossas mães". Quando penso nessa frase, talvez meu destino fosse outro. Fiquei solta na vida. Não tinha uma casa para voltar ou uma mentira para contar. Nada disso valia a pena. Um dia liguei para minha mãe e disse que fui promovida e que iria morar em Brasília. Nunca mais liguei e desapareci.

— E aí? – perguntei.

— Eu era dona de mim e do meu destino. Juntei dinheiro e montei meu próprio negócio. Com o tempo aprendi o que cada cliente desejava. Cada gesto, cada palavra, fazia parte de um ritual. E eu conhecia bem os caminhos do prazer. Fui me aperfeiçoando. Passei a atender apenas turistas estrangeiros. Eles eram iguais aos brasileiros, porém pagavam em dólar. A sensação que tinha é que para eles a vida era fria e sem graça e que a quentura de nossos corpos os conduzia a emoções diferentes. Com o tempo percebi que os clientes eram sem graça e chatos, mas com muito dinheiro. A rua nos ensina tudo. Logo ouvi falar do "Boa Noite Cinderela". Um sedativo na bebida, um cliente dopado, uma carteira cheia de dólares e uma noite lucrativa. Nem sei dizer o número de vezes que fiz isso. Um dia esbarrei com a Madame, que me disse: "você está exagerando. Dá um tempo. Fica uns dias na casa da tua mãe. Vão te pegar". Sorri, debochei e segui em frente. Quando fui presa, ouvi mais um ditado de minha mãe: "cada cabeça uma sentença". Com o tempo fui sendo reconhecida por muita gente: turistas, porteiros, gerentes de hotel. Essa é a história. A verdade nua e crua, como diria minha mãe.

Quando perguntei quem a visitava, ela respondeu:

— A Madame. Quando fui presa liguei para ela. Um mês depois de estar no presídio, ela foi me visitar. Pedi que visitasse minha mãe e contasse uma mentira. Dissesse que eu estava bem e que assim que possível iria visitá-la. Como sempre, Gurgel disse que eu era uma ingrata, que sempre tive carinho, comida e roupa lavada. Que jamais gostei dele, dos irmãos ou me preocupei com minha mãe. Que eles iriam ficar esperando sentados por notícias minhas. Minha mãe, em silêncio, foi até o portão e pediu a Madame que contasse a verdade, pois coração de mãe não se engana. Assim, a única coisa que tenho é a visita de minha mãe. Quando me viu me abraçou e beijou. Choramos juntas e não falamos nada. Durante muito tempo questionei o silêncio de minha mãe, mas hoje seu silêncio é uma bênção. Quando possível ela traz um xampu, absorvente, sabonete e desodorante. Um dia trouxe chocolate. A cela é uma comunidade, com o tempo sabemos da vida de todo mundo. Tem uma moça que antes de ser presa como mula visitava o namorado traficante. Ela sempre fala que cadeia de homem é cheia de gente.

Cadeia de mulher é uma solidão só. Tem meninas que ficam sem visitas o ano inteiro. Eu tive sorte. Minha mãe não me abandonou.

Antes de sair perguntei a ela:

— Quer falar alguma coisa mais?

— Quero sim. Fiz muita coisa errada e é por isso que estou aqui. Mas eu não merecia o que Maurício me fez! Madame me disse que a rua não gosta dele. A rua não perdoa! Ninguém tolera papa-anjo!

— Você contou para sua mãe?

— Não. É muita dor. Basta ela me ver aqui. O que eu fiz ou sofri levo comigo. Não interessa a ninguém.

— Algum sonho?

— Um dia vou sair daqui e encontrar um homem bom. Vai ver o que preciso mesmo é de uma família. Tenho me comportado. Sou obediente, trabalho, voltei a estudar. Sou boa funcionária na padaria. Madame até me falou que logo logo eu vou arrumar um emprego e um homem bom e honesto. Ela sempre diz que minha mãe precisa de um neto.

Quando me despedi e agradeci, perguntei:

— Você não quer dizer o nome de seus pais?

— Meu pai não vale a pena. Minha mãe é Rosa, a flor da casa cor de rosa.

Ouvi muitas histórias e com o passar do tempo reduzi tudo a relatos precisos e sem emoção. Afinal, quanto mais verdadeira for a história, mais acurada será a análise. Mas hoje foi diferente. Fiquei pensando em que momento a vida de Sirena deu errado. As lembranças de meu pai me levam a dizer que mulheres bem-sucedidas tiveram pais amorosos. Meu pai nos ensinou a não aceitar obstáculos, incentivou nossa autoestima e nos ensinou que a vida não é fácil, mas que precisamos de foco e fé.

Minha mãe fez de tudo para que pudéssemos estudar e trabalhar. Exigia tão pouco de nós, nos cercava de carinho e proteção. Nesse ambiente amoroso, os problemas diminuíam e os desafios podiam ser enfrentados e superados. Lembrei dos passeios a Paquetá e Saquarema, da Rural Vermelha, do piquenique na Quinta da Boa Vista, do Parque Xangai, do bolo de aniversário com uma bailarina, do vestido vermelho da formatura do Normal, das férias em São Lourenço e da viagem a Portugal. Essas lembranças felizes e a história de Sirena me fizeram valorizar meus pais e minha história.

Deixo o presídio com vontade de voltar e abraçar aquela mulher. Vontade de contar a minha história e de lhe dizer que a vida podia ter sido bela.

Capítulo 13

O tempo passou e Afrodite chegou

Quando meu pai morreu eu não estava mais em casa. Saí alguns anos antes, fui a última dos filhos a deixar o ninho. Meus amigos falavam que eu era uma espécie em extinção.

Ah meu pai, sempre ele! Dizia: "junta dinheiro, compra um apartamento e depois sai de vez". Engraçado que não havia citação de casamento ou parceria, mas também não havia sintoma de solidão, apenas de sucesso.

Minha mãe há muito vinha mudando o discurso. O dos últimos tempos era a maternidade – nada de casamento, apenas me lembrava que o corpo da mulher tem tempo certo e que já era hora de ser mãe. Apenas isso! Para ela uma vida sem maternidade era algo que ela não conseguia entender. Como ela mesma dizia, a maternidade deu plenitude a sua vida.

Num dos meus dias de TPM falei: "mamãe, eu não nasci para ser mãe". Refeita do susto, ela nem ousou replicar. Meu pai disse: "Emília, a vida é dela! Ela é que sabe o que é melhor pra ela!".

Esse foi um dos meus dias de culpa!

Não por não querer ter filhos, mas por não ser capaz de valorizar o amor genuíno de minha mãe por nós!

Em casa não havia dramas. Os problemas vinham, eram identificados e resolvidos. Se o resultado não fosse o melhor, o possível era aceito. Havia dor, mas não havia sofrimento sem fim.

Somos uma família especial. Nos momentos de dificuldade sempre lembro: meus pais amorosos, nossas trajetórias profissionais e pessoais. Mamãe, apesar de toda a força nos momentos da doença de papai, ficou frágil com a morte dele. Quando surgem as reclamações sempre digo: somos filhos prediletos de Nossa Senhora, temos saúde, estamos empregados e não temos nenhum drogado.

Deus tem de olhar para outras famílias. Ainda hoje sinto vergonha do dia em que falei que não queria ser mãe. Não pela decisão, mas por não ter sido gentil com minha mãe. Sempre lembro com culpa desse dia.

Por toda a minha vida minha mãe cuidou de nós. Sabia dos nossos desejos e faria de tudo para atendê-los.

Minha família tinha um jeito simples de ser. Portanto: não é não. Simples assim: Não tem dinheiro, mas tem amor.

Quando cheguei em casa e pedi para participar da peça na escola, minha mãe me disse: "não pode, querida, não temos dinheiro". Nem insisti ou pedi para falar com meu pai. Sabia que não era possível.

Por algum motivo, esse não foi diferente.

Não teve crise de choro, mas um silêncio profundo e transparente.

Minha mãe em seu genuíno amor continuou em silêncio e foi à escola conversar com a professora. Mãe e mestre são seres perfeitos, quase divinos. Assim unidas por mim, ganhei um personagem na peça.

Meu papel era de uma boneca adormecida que, com seu vestido de laise, despertava, se espreguiçava e saia de cena.

Hoje me lembro muito pouco desse momento. O que lembro mais é da notícia. Minha mãe falou que a professora precisava de uma personagem com um vestido bonito e ela então se ofereceu para que eu usasse o vestido de laise.

Em casa, as vitórias e as derrotas eram compartilhadas. Meu pai era visivelmente o chefe da família, mas um chefe apaixonado que sempre reservou um lugar de destaque para minha mãe. Eles se completavam, e com essa química única levaram a vida de muita cumplicidade por quase 50 anos.

O dia da boneca dorminhoca foi um desses.

A notícia foi dada na frente de meu pai, para que eu soubesse que ele concordou e incentivou. Mas ele, cavalheiro como sempre, disse:

— Eu tinha certeza de que não haveria vestido mais bonito que o que sua mãe escolheu. Agradeça a ela, mas deixa um beijo para mim também.

Hoje, quando penso nesse dia, vejo o quanto a mentira pode ser doce, igual ao biscoito mentirinha vendido na padaria do papai.

Como aquele biscoito, essa história adoçou minha infância e me deu boas memórias para lembrar.

Tanta cumplicidade entre mamãe e papai teria seu preço: a fragilidade de minha mãe com o falecimento de meu pai.

Assim, como somos três irmãos, decidimos que cada fim de semana ela estaria com um filho. E foi num fim de semana desses, quando meu irmão a deixou em minha casa, que ele me perguntou:

— Afinal, você terminou ou não aquela pesquisa?

— Terminei – respondi.

Acabei falando sobre outro assunto. Mas as anotações estão lá.

— E o que você vai fazer com isso? Escreve um livro. Tanta coisa aconteceu desde aquele assalto. Outro dia vi uma matéria da polícia, fiquei procurando o delegado seu amigo, mas era com outro policial.

Fátima, minha irmã, dizia que meu irmão era igual ao papai. Homem da vida. Falava as coisas sem sentir e depois de algum tempo parecia que aquele assunto era o mais importante do mundo.

Minha mãe dizia: "se seu pai falou você já sabe: é importante!".

Muito tempo depois, não sei bem quanto, peguei as anotações e reli todas elas. Foi nesse momento que me lembrei de Afrodite.

Como mágica, meu irmão me liga e eu então comento que resolvi ressuscitar aquelas anotações.

— E aí? – perguntou ele.

Falei que estava lendo sobre Afrodite, uma mulher bonita que praticava assaltos.

— Aliás, não vi mulher feia na prisão – disse eu.

— Que bobagem é essa?

— Como assim?

— Logo você, que reclamava e contava sempre que um amigo chato do papai dizia que a Fátima era a mais bonita e você a mais simpática. Esqueceu o quanto isso te aborrecia. E vem falar de beleza na cadeia? Tenha dó! Minha irmã, eu te amo, mas você perdeu uma boa oportunidade de ficar calada. Vamos mudar de assunto.

Envergonhada, adorei mudar o rumo da conversa.

Ao ler as anotações de Afrodite, revivi aquele dia! Tinha 26 anos, era loira e praticava roubo com o namorado.

Ela já havia sido presa com 25 gramas de cocaína. Foi condenada a serviços comunitários. Como casal, não despertavam suspeitas. Ele roubava e passava o roubo para ela, que, com sua beleza, passava a imagem de moça de família.

Eram o casal perfeito. Brancos, jovens, sorridentes e felizes. Mesmo envolvida nos roubos, manteve o trabalho de diarista. Sua patroa era uma mulher generosa, sempre mandava um mimo para seus filhos, que eram criados por sua mãe.

Afrodite foi a primeira a admitir que a violência doméstica era uma realidade em sua família. Falava friamente que a mãe apanhava dia sim outro também. Dizia que ela e o irmão acabavam recebendo as sobras e quando tinha dez anos ganhou o primeiro chute quando tentou defender a mãe. Desse dia em diante o fim da surra era sempre destinado a ela, que tinha olhar arrogante.

As surras só pararam quando a mãe determinou aos filhos para irem à casa da avó quando o pai chegasse alterado.

Se, ao voltar da escola a luz da varanda estivesse acessa, já sabiam que não podiam entrar. No início, o irmão dizia que ia crescer um pouco mais e matar o pai. Depois desistiu. Um dia as surras pararam. O pai ficou muito doente e coube à sua mãe cuidar dele. Quando questionava a mãe, esta apenas dizia:

— Se eu não cuidar dele, quem vai cuidar? Ele é seu pai! Tenho pena dele!

Lembro que na hora um olhar questionador surgiu e ela me perguntou:

— Alguém pode ser tão burra quanto minha mãe?

Argumentei que as pessoas precisam de tempo para entender o problema e buscar a solução. Ela não se contentou e insistiu em dizer que a mãe é burra.

A frieza de Afrodite me surpreendia.

— Entrei para o crime porque quis. Minha mãe não tem nada a ver com isso. Ela foi ruim com ela. Conosco foi sempre a melhor mãe do mundo. Também não foi por culpa do meu pai. Eu nunca o admirei ou respeitei. O que ele pensa para mim não tem a menor importância. Fui para o crime porque quis. Sempre fiz o que tive vontade. Conheci dois homens, gostei, aproveitei e engravidei. Ainda bem que minha mãe cuida dos meus filhos. Já avisei ao meu irmão, se eu souber que o traste do meu pai agride minha mãe ou meus filhos, dou rapidinho um jeito nele.

Com Afrodite conheci uma mulher de vários atributos: beleza, frieza, arrogância, coragem, esperteza. Não vi um momento de dor, tristeza ou arrependimento.

A verdadeira Afrodite só ela sabe quem é.

Provavelmente no silêncio da noite, quando sozinha se encontra consigo mesma.

Afrodite se cercou de proteção. Tem fé, mas diz que não tem pecado ou pecadinho. Tem erro e tem de pagar por ele. Não quer visita. Sabe que sua mãe não resistirá em vê-la presa. Até hoje a mãe nega sua participação.

Seu namorado acabou preso por outros crimes. Quando foi reconhecido, a polícia acabou chegando até ela. Diz com orgulho que, nos depoimentos, as vítimas diziam que ela era uma moça bonita, de família, não tinha jeito de bandida.

O jeito com que fala das vítimas lhe dá um disfarçado tom de preconceito. Afinal, foi identificada por sua beleza, uma branquitude típica das pessoas de bem. Não acho que Afrodite tenha consciência disso. Acho que, no universo das grades, ser conhecida como uma moça bonita lhe traz um certo conforto.

Quanto a mim, lembro de uma entrevista da Delegada e suas frases de efeito: "se é difícil ser mulher, é muito mais difícil ser mulher negra".

Desperto de meus pensamentos e ouço Afrodite dizer que cadeia não ressocializa. Diz que um dia foi bonita e hoje sente falta da tintura, esmalte, secador, coisas de um mundo distante que tão cedo não volta.

— Cadeia é triste! Aprendi com uma tia que conheci quando fui presa que a beleza é um fardo. Melhor ser invisível!

— Tia? – indaguei.

— Essa tia era uma presa velha na idade e no tempo de prisão. Matou o marido. Soube que ele tentou namorar a irmã mais nova. Acho que foi estupro, mas ela nunca admitiu. Contava que era do interior do Sertão e que havia perdido a virgindade com o pai. Quando veio para o Rio com as irmãs, conheceu o marido. Juntaram os farrapos e foram viver na favela. Um belo dia sua irmã mais nova pediu para vir morar com ela. Tinha a melhor casa e não tinha filhos. Seria a grande oportunidade de não ser violada pelo pai. Quando a irmã chegou, percebeu que não era uma criança e sim uma linda jovem. Não queria acreditar, mas sabia dos olhares do marido. Achou melhor obrigar a irmã a dormir de calça jeans. Suas irmãs mais velhas sempre lhe diziam: "põe calca comprida para dormir. É melhor sentir calor do que dor". Conselho precioso esse. A irmã crescia cada dia mais bonita, ia bem na escola, já sabia usar o computador. Ia ter futuro, ao contrário das irmãs. Um dia, sem mais nem menos, a irmã lhe disse que ficava estudando até tarde e sentia frio. Queria dinheiro para comprar uma calça comprida. Contou apenas que ficou gelada e cega. A tia nunca me contou a história toda. As moças da comarca é que falavam que ela usou uma faca escondida nos peitos. Eu tinha pena dela. Mas ela sempre me dava bons conselhos. Nos primeiros dias quando cheguei, eu estava firme, depois me revoltei e por último me acalmei. Ela me disse: "aquieta teu coração. Nesse mundo é melhor ser feia. A gente sofre menos. Olha para mim, não sofro pelo que eu não posso ser. Sou uma mulher feia e espero o dia em que vou sair daqui. Não vou gastar um tostão com beleza, quero apenas voltar para o sertão e esquecer que essa cidade não foi maravilhosa para mim. Lá pelo menos a gente precisa de pouco para viver". Quando estou muito agitada, ela me olha e diz: "senta aqui! Aquieta teu coração!" Vou sentir muito quando ela for embora. De algum modo ela é minha família aqui, sobretudo nos dias como Natal e Dia das Mães. Esses dias são muito difíceis. Boa ou ruim, família é família. Nesses dias ficamos juntas. Tem vezes que é por minha causa, saudade dos filhos, da mãe. Outras por causa dela. Ela não diz nada, apenas sorri um sorriso sempre triste e distante. É como se ela soubesse que a vida foi ruim e vai continuar sendo. Mas nada disso importa. O que interessa é que ela é uma boa mulher e um dia alguém vai valorizar isso!

É impressionante como Afrodite me tirava do prumo. Quando falava de sua beleza, chegava a me irritar. Afinal, ela ainda não aprendeu que beleza não serve para nada. Mas ao mesmo tempo sua capacidade de ver o mundo e de traduzi-lo me surpreendia e encantava.

Acho que o mundo precisa de mulheres como Afrodite. Seguras e confiantes na vitória. Solidárias na dor.

Quando estava pronta para sair, fiquei me perguntando se não havia alguma coisa a mais a perguntar.

— Então, doutora, posso sair?

— Pode!

Já quase chegando à porta, pergunto:

— Do que você mais sente falta?

— Da mãe que não fui - respondeu. - Sinto falta dos meus filhos e do futuro que planejei para eles.

Comovida, digo:

— Você vai ter chance de viver esse futuro. Ainda dá tempo!

— Será?

Foi nesse exato momento que percebi que não havia grávidas na cadeia. Por quê? Essa seria uma boa pergunta a ser feita.

Capítulo 14

O que virá depois de Afrodite?

Fazia tanto tempo depois daquele dia com Afrodite. Tantas coisas aconteceram.

Segui minha vida profissional, tive altos e baixos na vida amorosa, viajei com meus pais, comprei minha casa, deixei o ninho, vi meus sobrinhos nascerem e crescerem. Lembro ainda do dia em que meu irmão reviveu minha memória me lembrando do episódio na Central do Brasil e tudo que veio depois deste dia.

Hoje, ao reler as anotações, me lembrei de cada rosto, de cada história, de cada encontro. É curioso que ainda me lembro do barulho das máquinas de escrever e dos policiais engatando as armas na Delegacia, do cheiro da carceragem, da voz firme dos policiais e do olhar triste das presas.

Foi pensando nesse tesouro de memórias que resolvi retomar as entrevistas. Reli uma vez mais minhas anotações e lembrei de Afrodite e do seu lamento de não poder cumprir seu destino maternal.

Resolvi então entender melhor o que acontecia com as mulheres grávidas. Onde elas estavam?

Procurei uma colega de faculdade que trabalha no Sistema Penal. Foi ela que abriu as portas do presídio que acautelava as mulheres condenadas. Fui apresentada à Diretora do Presídio, uma jovem mulher que me recebeu muito bem e de imediato me levou à sua sala. Maior que a do Seu Lopes da carceragem da Polinter, mas nada de extraordinário: algo simples, móveis antigos, sem luxo ou decoração. Ela era uma mulher de fala simples, agradável, mas não afetuosa. Lembrei que, provavelmente como os policiais, a Diretora tinha muitos afazeres, pouco tempo e escassos recursos para manter a paz e a segurança de uma prisão. O fato de ser um presídio feminino tornaria o trabalho menos preocupante ou perigoso? Acho que não!

Ela tinha o mesmo olhar atento de Seu Lopes. Eles eram de pouca conversa e muito trabalho.

Não sei se há diferença entre os afazeres, mas tenho certeza de que para ela os desafios foram maiores. Em nossa breve conversa, disse-me que também havia espaços específicos para as mulheres criminosas. É quase a mesma coisa que as Delegacias de Mulheres.

Confesso que não entendi, mas de imediato me disse que o sistema penitenciário também dava um tratamento específico às mulheres e que o ideal era que houvesse uma direção que coordenasse os presídios femininos. Dessa forma, os problemas seriam mais bem identificados e solucionados.

Lembrei-me da frase: "mulher e homem, seres diferentes que nem sempre se completam".

Percebi que nunca visitei uma Delegacia da Mulher. Conheço as dores das mulheres vítimas, mas não conheço a luta das mulheres policiais.

Acho que foi isso que essa Diretora tentou me mostrar: seja no presídio ou na Delegacia, não são suaves os desafios dessas profissionais. Em território machista como a segurança pública, como seriam as noites de plantão, os feriados longe da família, o preconceito, a carreira profissional? Dias de choro, lamento, aflição, mas, ao final, realização. Há muito percebi que a batalha de uma é a representação de todas. Se o sucesso chega, ele vem travestido de sorte. Se o fracasso ronda, não podia ser diferente.

Afinal, nem todo lugar é coisa para mulher.

Agradecida pelos ensinamentos, deixo o presídio disposta a retornar e conhecer uma presa grávida.

Capítulo 15

Lá em Gaia

Assim que encontro Gaia, conto a ela que sou filha de imigrantes portugueses. Sem deixá-la falar, digo que Gaia é uma bela cidade perto do Porto, no norte de Portugal. Indago se ela conhece o vinho do Porto, conhecido mundialmente e lá produzido. Doce e quentinho, ideal para os dias de inverno.

Sem entender nada e não vendo propósito para esta conversa, Gaia me conta que não é do Rio e que já havia sido processada por furto. Apesar de tudo isso, conseguiu emprego em uma pizzaria na cidade de Campos, onde morava.

Fala da dificuldade de se manter na linha, longe de confusão. Fala agradecida de seu patrão, que admitia trabalhar com presos. Ali conheceu um casal que, vendo sua luta para cuidar dos dois filhos que já tinha, ofereceu o serviço de ser mula do tráfico. Em pouco tempo sentiu o gosto do dinheiro fácil. Deixou a pizzaria e numa noite os três foram presos por associação ao tráfico. Lembra que naquele momento sua vida estava muito boa, até conheceu um bom rapaz do Espírito Santo.

Quando foi presa e ele soube, simplesmente desapareceu. Não reclamou. Entendeu. Ele tem um bom emprego em uma usina de açúcar, não quer se misturar com gente fora da lei.

A prisão fez com que tivesse de pedir aos pais, que moram no Recife, que cuidassem de seus filhos, uma jovem de 18 anos e um adolescente de 14 anos.

Durante a audiência na Vara Criminal passou muito mal. Quando comentou na cela o que aconteceu, uma das meninas foi logo dizendo:

— Isso é barriga.

Gaia conta:

— Logo comprovei que estava grávida. Fui transferida para a UMI (Unidade Materno Infantil), onde permaneci até algum tempo depois de minha filha nascer.

Seu relato é triste, diferente daqueles comuns às mulheres, quando comentam a maternidade.

Afirma ser portadora do vírus HIV. Não sabe como foi contaminada. Apenas diz que é difícil convencer homem a usar camisinha.

Reclama do atendimento médico. Afirma que deixaram restos do parto. Diz que seguiu algemada na viatura e que na hora do parto o médico insistiu que as algemas fossem mantidas. A filha nasceu com problemas.

Reconhece o esforço da Diretora em conseguir que sua filha fosse operada do coração. Fala que devia ter uma lei que nos casos das presas grávidas a escolta deveria ser feita por Agentes Penitenciárias Mulheres.

— Os homens brigam quando gritamos com as dores do parto.

Explica-me com facilidade que filho de presa não é para adoção. As crianças sempre ficam com alguém da família da mãe. Até os seis meses as crianças precisam ficar na cadeia com as mães. Durante esse tempo tem audiência, com a presença do juiz, promotor e defensor na própria Unidade. Eles decidem com quem a criança vai ficar.

— No meu caso, minha filha ficou com uma amiga que mora em Campos. A família já cuida dos outros filhos que estão com os avós em Recife.

Uma lágrima rola no rosto quando fala que já perdeu seu filho para o tráfico.

— Ele foi apreendido e está detido em uma Unidade para Adolescente Infrator. Toda vez que recebo notícia, a primeira coisa que pergunto é por ele. Tenho culpa. Não fui um bom exemplo. Tenho medo dele se desviar de vez. Ele é um menino inteligente. Torço para não receber uma notícia pior, dele preso ou morto pela polícia.

Pergunto de novo pela filha. Ela me conta que trabalha como costureira e o que ganha manda para a filha doente. Gostaria muito de cumprir a pena em Campos e assim ficar mais perto da filha.

Diz que, na audiência com o juiz, pediu que a amiga fosse escolhida como guardiã. Quando for solta, vai ter de passar por um estágio de convivência e, aí sim, ter novamente a guarda da filha.

— Sabe, doutora, minha filha mais velha é uma pessoa maravilhosa. Faz faculdade, me escreve, quando pode me liga. Falo sempre que ela foi um presente de Deus para uma evangélica desviada. Hoje estou firme na fé. Mesmo nos dias difíceis, quando penso no meu filho apreendido, mantenho minha mente firme. Não quero errar mais.

— Todas cometemos erros – eu disse.

— Mas eu errei demais, doutora – disse ela. – Não aproveitei o emprego, o homem bom que apareceu na minha vida, e, quando cheguei aqui, a solidão me levou à tentação. Fiquei apaixonada por uma garota. Mas me livrei desse mal. Carência não é opção sexual, doutora. Caí em tentação porque estava longe de Deus. Hoje sei que eu não posso, mas Deus pode. Ele vai me ajudar a sair daqui e cuidar melhor dos meus filhos. Sabe, doutora, esse negócio de homossexual não é certo. Respeito todo mundo. Quem nunca errou atire a primeira pedra. Não vou julgar ninguém, mas quero reconquistar o que perdi. Tenho vontade de mudar de vida. A senhora pode ter certeza de que vou fazer tudo diferente e dessa vez sem crime ou pecado.

Gaia não é uma mulher de preconceitos. Está presa a seus medos e culpas. Medo de ter perdido de vez o filho. Medo de cair em tentação e se deixar levar pelos caminhos do prazer.

Tem muita vergonha do que fez, tanto que se sente impotente de exigir a paternidade de uma filha que, por certo, precisa de muito amor e cuidados.

Deixo Gaia com seu olhar de quem sabe que a vida é dura, triste e que tempos bons não voltam mais.

Capítulo 16

A vida do jeito que ela é

Desde que comecei esta história tive momentos de inspiração, inquietação e distanciamento. Aprendi com meu pai que as coisas acontecem quando têm de ser.

Muito tempo passou, meu pai morreu, amei, sofri e desisti. Sou daquelas pessoas que pouco se lamentam. Não sou uma otimista, mas sou verdadeiramente pragmática. Prefiro me apegar a tudo de bom que a vida me deu. O resto prefiro esquecer. Memória não pode ser uma algema do sofrimento. Ela existe para esquecer aquilo que não é possível mudar e para preservar o que há de bom.

Quando meu pai morreu, vivi intensamente o luto de sua perda. Isso me deu uma paz que me acompanha por todos esses anos. Converso com ele nos momentos de dor e de alegria. Vou visitá-lo sempre, no dia do seu aniversário, Dia dos Pais ou quando tenho saudades. Fico um bom tempo com ele, rezo, conto as novidades, peço que ele proteja minha mãe e os netos. Afinal, eles darão continuidade à história de nossa família. Outra coisa que sempre peço é que ele cuide da mamãe. Minha avó dizia que as mães deveriam rezar pelos filhos, pois o amor delas os protegia. Minha fé me leva a admitir que o amor une e protege as pessoas. Talvez por isso nos momentos mais difíceis eu busque meu pai.

Não sei se já contei que meu pai e minha mãe viveram um amor indescritível. Contam que, no dia do casamento, exatamente no momento da bênção, duas pombinhas voavam felizes pela Igreja Nossa Senhora de Fátima.

Não sei bem o que isso significa. Se é que isso importa. O que conta é a história de amor e cumplicidade que viveram por quase cinquenta anos. E isso é o que me basta.

Sempre quando deixo meu pai, saio tocada por uma paz que me aquece por muito tempo. Saio dali distante de qualquer sentimento de dor ou perda. Sigo renovada pensando no próximo encontro que um dia virá.

Com meu irmão não foi assim. Horácio, o melhor amigo que a vida me deu, foi alcançado por um câncer no pulmão que de forma avassaladora o tirou de nosso convívio em seis meses.

Lembro bem. Era quinta-feira, depois do Carnaval de 2017, quando me pediu para ir com ele ao médico. Falava que na viagem com seu filho Vinicius durante o feriado tossiu muito e que estava muito preocupado.

No médico, depois dos exames de sangue e imagem, o diagnóstico foi de uma possível tuberculose. Saímos do hospital com a incumbência de buscar a rede pública, conforme orientação do médico que nos atendeu.

No dia seguinte, quando estava eu em busca do melhor especialista para o tratamento, o telefone toca. Era ele. O hospital ligou pedindo que ele retornasse, pois o revisor do exame tinha opinião diversa quanto ao resultado.

Desliguei e logo em seguida fomos para o hospital. Lá os novos médicos afirmaram que provavelmente não era tuberculose e que era preciso investigar. Essa palavra sempre me reporta àquele dia na 4ª DP. Mas os policiais são diferentes dos médicos. Os policiais sempre dão a notícia verdadeira, seja boa ou ruim. Com os médicos nos perdemos entre termos evasivos e a espera do diagnóstico. Não sei o que é pior. A rudeza da dor ou a angústia do resultado.

O fato é que já não saímos do hospital e ali ficamos por doze dias. Eu saía para trabalhar e voltava à noite, permanecendo com ele o tempo todo.

Nossa primeira preocupação foi com Vinicius e mamãe. Lá no fundo sabíamos que era câncer. Eu e ele não falávamos. Era como se o fato não existisse. Apenas esperávamos. Com Vinícius a conversa franca e direta. Com mamãe a mentira. Iniciamos ali um caminho sem volta. Passamos seis meses escondendo a verdade de minha mãe.

Com a doença do meu irmão, vivi os mais intensos e dolorosos momentos. O diagnóstico do carcinoma, o tratamento intenso e difícil, a quimioterapia, radioterapia, imunoterapia, exames no exterior que possibilitam uma espécie de rastreamento genético do tumor e direcionam a um tratamento mais eficiente.

Com Horácio nada disso adiantou. Foram seis meses de dor. Foi duro ver meu irmão perdendo o sopro da vida. Mas foi maravilhoso assistir a rede de amor que se formou ao lado dele. Um filho amoroso, amigos incansáveis, irmãs dedicadas. Horácio era alguém do outro mundo. Irradiava alegria. Todos queriam estar ao seu lado. Não posso deixar de agradecer à sua ex-mulher, que carinhosamente dividiu conosco os cuidados em seus momentos finais.

Tenho tanta saudade de meu irmão que até dói. Lembro muito daqueles momentos difíceis. Sempre que isso acontece rezo para que Maria Santíssima o acolha em seu manto protetor. Digo a ela sempre que na véspera de sua morte ele ligou para mamãe. Disse que a amava, pediu sua bênção e lhe disse que rezasse por ele. Um filho assim não pode ser abandonado.

Era quinta-feira quando Horácio mesmo sem saber iniciou sua peregrinação. Já passava das seis horas. Mais cedo seu médico foi vê-lo. Chamou-me num canto e disse:

— A senhora é católica?

— Sim.

— Está na hora de chamar um padre.

Quando tentei perguntar algo mais, ele apenas me olhou e disse:

— Vai ser rápido.

Em silêncio, procurei o serviço de acolhimento e em pouco tempo o padre apareceu.

Minha família é de poucas palavras e muitos olhares. Foi assim com Vinícius, Fátima e eu. Rezamos juntos a dor da perda de Horácio. Ele se foi depois das seis e depois do terço que rezamos ao lado dele. Um suspiro e um silêncio. Choramos muito, mas também agradecemos a ele o privilégio de ter tornado nossa vida melhor. Sempre agradeço a Deus o fato de Horácio não estar sozinho em seu último momento. Estar com ele nos permitiu sofrer com sua morte, mas celebrar sua vida.

No dia seguinte, Fátima, minha irmã, chegou cedo à casa de mamãe. Ela, com sua infinita sabedoria, perguntou:

— Horácio morreu?

As mães sempre sabem de tudo.

Quando mamãe chegou à cerimônia de sepultamento, me perguntou:

— Você cuidou direitinho do seu irmão?

— Sim – disse eu. – Não esqueci do pão, das moedas e da vela.

Em seguida ela me disse:

— Ele está tão bonito e sereno.

Há um ritual em nossa família, herdado de nossos antepassados portugueses. Lá na aldeia onde minha mãe nasceu, dizem que a vida é como um rio e que, na última travessia, precisamos de uma moeda para pagar o barqueiro, do pão para nos alimentar e da vela que nos dará a luz que nos guiará. Esse momento de reverência à nossa ancestralidade vai além da memória dos ensinamentos que recebemos. É, por certo, o fio condutor de nossa história.

Desde então, Fátima e eu fizemos um voto de silêncio. Pouco falamos sobre Horácio, embora ele esteja vivo em nossa memória e nosso coração. Fazemos isso pois sabemos a dor de mamãe com sua perda e o quanto a cada dia ela está mais frágil.

Apesar das dores e desencantos, a vida continua. Há muito tempo que não pensava naquelas presas. As anotações estavam escritas em um caderno esquecido em uma gaveta até o dia em que, caminhando pela Tijuca com minha irmã Fátima, vi Seu Lopes caminhando a passos largos e ligeiros. Apressei-me e o alcancei. Toquei seu ombro e disse:

— Seu Lopes?

Imediatamente ele se vira e, com jeito de que não entendia e não gostava do que estava acontecendo, disse:

— Pois não!

— Como vai? Lembra de mim? Sou aquela moça que fez a pesquisa na Carceragem.

— Claro – disse ele. – Agora estou entendendo, pode falar.

Ele parecia com pressa, com jeito de que não tinha gostado de ter sido tocado, mas sempre educado e preciso.

— E a senhora está bem? Muito trabalho?

É curioso como me deu aquela sensação de encontrar um amigo de escola que não via há muito tempo.

— Tudo. E o senhor? Ainda trabalhando na Delegacia Concentradora de Presos?

— Não – disse ele. – Hoje os presos estão todos no Sistema Penitenciário.

— E Doutor Torres? – perguntei.

— Se aposentou. Já estava na hora de se dedicar um pouco mais à família.

— E as presas, sabe delas?

Seu Lopes sorriu e disse:

— As coisas não são assim tão simples.

Mesmo com a resposta, perguntei:

— E Adrianinho? Já cumpriu a pena?

Seu Lopes sorriu novamente e disse:

— Algum tempo atrás alguém me disse que Adrianinho foi solto e que passado um tempo foi encontrado morto a facadas no Trevo das Margaridas.

Imediatamente fui tomada por uma tristeza. Parecia que tinha recebido a notícia da morte de alguém próximo. Mais uma vez, Seu Lopes, com jeito firme e voz de pai, me disse:

— Doutora, a vida não é fácil. É preciso saber viver. Lamentavelmente nem todo mundo aprende no amor, só na dor.

— Uma pena – disse eu.

— Concordo com a senhora – respondeu. – Ele era um bom menino. Para sair dessa vida tem de ter fé e uma família amorosa. Do contrário não consegue. Me desculpe, mas preciso ir. Tenho um monte de coisas para resolver. Não posso demorar. Fique com Deus! Qualquer coisa a senhora me liga, o telefone é o mesmo.

Um pouco atônita e meio sem graça, apenas agradeci e me despedi.

A notícia da morte de Adrianinho mexeu comigo e me perguntei por que. Não encontrei a resposta. Depois de muito pensar, fiquei achando que o roubo na Central do Brasil causou em mim uma espécie de transição. Deixei para trás a ingenuidade e conheci a vida sem sonho e sem cor. De alguma maneira Adrianinho foi protagonista daquele momento. Talvez por isso de alguma forma me senti ligada a ele.

É tão curioso. Sei que Adrianinho era na verdade Diana, mas na minha memória e nos momentos que vivi nada disso tinha importância. Pouco conheci da vida de Adrianinho, mas ele parecia viver sem medo. Todas as presas o aceitavam e o respeito parecia um compromisso de todas elas. Não posso dizer que a carceragem era um território tranquilo, mas me parecia que em tempos de diversidade aquele era um mundo que exigia paz e respeito.

Depois de algum tempo, peguei minhas anotações e reli a parte de Adrianinho. Revivi o dia do flagrante e fiquei pensando naquelas mulheres.

Capítulo 17

A vida é uma tarefa que não pode se dividir com ninguém (Rachel de Queiroz)

Confesso que não paro de pensar na morte de Adrianinho. O sentimento que me acolhe é de profunda tristeza. Pergunto-me como teria sido o seu último momento, se teria ou não percebido a morte lhe espreitando. Tudo o que sinto é solidão. Adrianinho era um bom menino. Respeitava o avô, preocupava-se com o irmão e vivia do jeito que lhe era possível. Incapaz de resistir à sua verdadeira personalidade, foi se tornando um menino. Isso mesmo: nunca foi homem. Sempre foi menino, um menino doce e brincalhão. Lembro até hoje do seu jeito de andar quando deixou a sala do Chefe da Carceragem. Era o menino boa praça. Aquele que estava sempre pronto para ajudar, com sorriso largo e sem pedir nada em troca.

Vasculhei pela internet o local onde foi encontrado morto a facadas. Percebi que era um local comum de encontros, talvez por ser um ponto de interligação entre a cidade do Rio de Janeiro e a baixada fluminense. Não é preciso ser um estudioso da mobilidade urbana para perceber que ali se concentra um fenômeno de migração pendular, isto é, um constante deslocamento de trabalhadores das zonas norte e oeste do Rio, bem como da baixada fluminense, todos em direção ao centro da capital em busca de trabalho e sucesso.

É curioso: a flor Margarida significa inocência e pureza. Lembro sempre de uma moça sonhadora que, em busca da melhor solução para as aflições de seu coração, retira as pétalas indagando bem me quer, mal me quer....

Por outro lado, descobri que a imagem de São Cristóvão ali existente tem vínculo com a data da inauguração do local, que se deu em 28 de setembro, dia do santo protetor dos motoristas. Tirando o monumento, não se trata exatamente de um local com atrativos turísticos.

Fiquei imaginando o que teria levado Adrianinho até aquele lugar. Qual a motivação do crime que sofreu. Sempre acho que faca tem alto poder lesivo. Não sei explicar por que, mas mesmo nos filmes os ferimentos a faca sempre me passam a sensação de que atingem órgãos vitais, afastando qualquer possibilidade de defesa ou de sobrevivência.

Observei, com espanto e curiosidade, algumas notícias de que há uma certa repetição do uso desse instrumento na morte de pessoas transexuais. Claro que não pretendo aqui desenvolver qualquer tese antropológica ou criminológica. Quero apenas expressar um sentimento de que Adrianinho foi vítima de um crime passional, tendo sido provavelmente abandonado logo após o crime, deixado impiedosamente na rua, sozinho em algum beco imundo e escuro.

Não me perguntem por que, mas é fato que nutri por Adrianinho uma certa camaradagem, provavelmente inexplicável. Afinal, foi ele o autor do assalto. Nada do que vivi naquele dia na Central do Brasil superou a imagem do menino maroto. Penso que tudo poderia ser diferente, mas o destino quis que fosse assim, na solidão e no abandono.

Foi pensando em Adrianinho que me lembrei das mulheres que conheci naquela carceragem. Cada uma delas trazia uma realidade, um ensinamento, um sonho e uma decepção. Talvez se a ideia da pesquisa tivesse continuidade, fosse hora de buscar os motivos que as levaram à criminalidade. Para mim, isso pouco importa. Prefiro lembrar dos momentos marcantes que me levaram até elas: o assalto na Central do Brasil, as pessoas que conheci, Dr. Torres, Seu Leônidas, Seu Lopes, a realidade dura dos policiais, as histórias de vida narradas com clareza e sentimento. Assim, tomada por uma extrema curiosidade, mas certa de que tortuosos são os caminhos da vida, decidi transformar essa experiência em um livro. Algo em que misturo minha vida e a história da vida delas. O relato delas mostrou-me que a vida não é cor de rosa como a casa de Sirena, nem mesmo pura como a margarida que dá nome ao local onde Adrianinho foi encontrado morto. Prefiro na solidão de meus pensamentos fazer um exercício de como será o amanhã para essas mulheres. Não faço aqui o papel da pitonisa, sacerdotisa que, por suas profecias, ganhava importância pouco comum para uma mulher no mundo dominado pelos homens na Grécia Antiga.

Prefiro trazer comigo o sentimento de Pandora, cujas lendas gregas narram a chegada da primeira mulher à Terra e com ela a origem de todas as tragédias humanas. Conta-se que lhe foi ofertada uma caixa que continha as desgraças do mundo: a guerra, a discórdia, o ódio, a inveja e as doenças do corpo e da alma. Curiosa, não resistiu e abriu a caixa, libertando todos os males. Arrependida, tornou a fechá-la, mantendo presa a esperança.

Na lenda, sabemos que Pandora foi criada por todos os deuses. Assim, recebeu qualidades como a graça, beleza, inteligência, paciência, meiguice e habilidade na dança e nos trabalhos manuais. Quando enviada à Terra, foi advertida por Zeus, que lhe entregou uma caixa com a recomendação de que não deveria ser aberta.

Esperança e amor caminham juntos. Foi isso que Pandora fez, libertou o amor e semeou a esperança que nos dá coragem para seguir em frente e enfrentar os males que nos assombram todos os dias.

Cada vez que penso nessas mulheres procuro me lembrar de suas feições. Não pela simbologia da beleza, mas pela verdade das expressões e do olhar. Foi assim com Minerva: firme nas palavras que traduziam o controle da vida. Lembro bem de sua voz precisa quando se apresentou e me relatou o tempo em que estava presa. Talvez eu não estivesse pronta para um encontro com alguém de personalidade tão forte. Acho que foi por isso que perguntei seu signo. Sou uma curiosa da Astrologia. Os signos sempre me indicam algo quando tento desvendar uma pessoa. Com Minerva não foi diferente. Nascida em três de fevereiro, do signo de Aquário, foi dotada de mente brilhante, que a fez continuar a vida mesmo sem marido. Sempre soube cuidar dos filhos sozinha. Sua independência nunca foi um problema – pelo contrário, foi a solução. Esse excesso de confiança talvez tenha lhe dado uma frieza que a levou sem medo aos caminhos do crime. É capaz de ter opinião sobre tudo. Falou sem rodeios que as relações homoafetivas eram fruto da solidão. Com ela nada disso aconteceria, pois segue firme na fé e com sua força interior, aguardando cheia de planos o dia da saída. Vi em Minerva uma pessoa capaz de deixar o passado para trás e desenhar um novo destino para ela e seus filhos. Coragem não lhe faltará.

Ceres era dengosa. Perdida em seus sentimentos, foi incapaz de perceber a grande chance que o futuro lhe deu. Adotada por mãe amorosa, escolheu ser babá. Talvez algo adormecido que pudesse retirar de sua memória a dor do abandono. Existem pessoas que não percebem seus limites e, portanto, não se atentam a suas fraquezas. Ceres era uma dessas pessoas. O curioso é que Ceres só foi descoberta por conta de uma desconfiança de um homem ciumento. A doçura de Ceres não levantou qualquer preocupação. Só foi descoberta porque o patrão, um taxista, achava que a mulher o traía e instalou uma câmera para flagrar a esposa. A vida é confusa. Sempre penso na patroa de Ceres, que, em um único e doloroso momento, recebe a notícia de que era vigiada pelo marido e da agressão sofrida pelo filho. Será que um dia essa pobre mulher reconheceu seu infortúnio? Estaria ainda casada? O que ele faria se a traição fosse confirmada? Deixa para lá. Afinal, estamos falando de Ceres, que me ensinou as leis da cadeia. Mulher bandida é aceita, mas mulher que maltrata criança tem de ser punida. E assim foi com Ceres. Ao chegar à cadeia, recebeu um corretivo. Ficou em silêncio e não apontou suas agressoras. Aliás, a Lei do Silêncio serve a todo mundo, às que se calam para sobreviver e aos que preferem a cegueira deliberada, que nos incapacita de enxergar além dos nossos próprios interesses. O silêncio é uma espécie de epidemia do mundo moderno. Nada vejo. Nada importa. Tudo permanece como está. Permanecemos cegos pelo medo ou por interesses próprios. Fico me perguntando: Ceres conseguiu encontrar seu príncipe, seu casamento de conto de fadas? A maternidade lhe foi concedida? Como será a mamãe Ceres? Paciente? Insegura? Compreensiva? Espero que a vida lhe tenha dado momentos doces e felizes.

Erínias era uma mulher forte. Nunca quis ser mulher, mas sempre foi corajosa. Tentou se submeter aos desejos de sua família. Botou vestido de renda, penteou o cabelo, mas se apaixonou pela vizinha. Filha de mãe carinhosa e pai generoso, foi capaz de contar a verdade sobre seus desejos e ser aceita. Não resistiu e deu asas à sua personalidade masculina. Hoje quando penso em Erínias e vejo a realidade dos debates sobre transexualidade, penso que ela provavelmente detestaria ter de dar explicações sobre sua condição na qual sua identidade de gênero diverge do sexo físico biológico. Penso que ela não gosta de muita conversa, de dar explicações. Acho que o que sempre desejou foi ser aceita e respeitada. Erínias é passional, ouso dizer que havia entre ela e a companheira uma relação de submissão. Minha experiência me permite dizer que provavelmente em outros momentos atos de violência física e psicológica aconteceram. Essa, por certo, não foi a primeira vez. A intensidade de seu relato traduz uma rotina de tensão e agressividade. Casado com mulher mais velha e ciumenta, não suportou as reclamações. E o que era para ser mais uma discussão sem fim e sem vencedor transformou-se num crime violento, cheio de indignação. Não suportou o argumento de que era sustentado pela mulher. Logo ele, católico, que nunca se drogou e sempre respeitou todo mundo. Isso ele não podia aceitar. Quando o álcool caiu e a casa começou a incendiar, pegou seus cachorros e bateu a porta. Esses sim eram seus amigos. Chamou os bombeiros, mas nada fez para ajudar a mulher. Afinal, o que há de mais injusto do que uma mentira sobre nosso caráter?

Mesmo ferida, com quase cinquenta por cento do corpo queimado, a mulher afirma que foi um acidente. Com os contornos naturais da violência nas relações heterossexuais, sua mulher negou a violência e como tantas outras protegeu o amor de sua vida. O que mais me impressionou em Erínias foi o seu jeito protetor com a namorada que conheceu na carceragem. Sempre a ajudava com as despesas de seu filho. Fazia planos. Sabe se virar e assim que ganhar a liberdade vai conseguir logo um emprego. Sozinho ou acompanhado, tenho certeza de que seguirá em frente em busca de novos caminhos, levando consigo seus cães que no momento do fogo não deixou para trás. Há quem diga que a amizade entre cães e pessoas é até depois da morte. Erínias que o diga.

Um dia, uma amiga de minha mãe disse:

— Todas as mulheres querem casar. Umas conseguem, outras desistem. As que desistem, via de regra têm sucesso. As sonhadoras persistem e, em nome de um amor imaginário, não percebem que o príncipe era sapo e fazem as escolhas erradas.

Não sei se ela tem razão. O que sei é que as separações são difíceis e dolorosas. Fortuna me mostrou isso. Foi logo me dizendo que foi trocada por uma mulher mais jovem. Com a separação, o ex-marido deixou de lado os filhos e suas responsabilidades com a manutenção da família. Ela não teve dúvidas e foi trabalhar. Com desenvoltura, foi conquistando seus espaços, a ponto de chamar a atenção do marido de sua prima, que lhe convidou para atuar no transporte de drogas. Era mulher, branca, jovem e sem qualquer característica suspeita. Fortuna gostou do dinheiro fácil. Tomou cuidados para não deixar rastro. Enganou muita gente por muito tempo, menos sua mãe, que logo percebeu que algo estava errado e que não havia explicação para a sucesso da filha. Confiante na sua capacidade, deu voos mais altos e resolveu fazer por conta própria o transporte de drogas e armas. Num dia de calor na baixada fluminense foi presa quando se preparava para finalizar uma entrega em uma comunidade. Daí para frente tudo foi ladeira abaixo, como ela mesmo relatou. Ficou sozinha. Não tem visita. Não fala com o filho, que foi morar com o pai e atribui a ela a responsabilidade pela separação. De todas elas, foi a que me pareceu mais sentir a solidão. Achava que lhe faltou um homem bom na sua vida. Sem seu príncipe encantado ficou à mercê de seu próprio destino. Quando sair da cadeia voltará para casa e por certo continuará procurando o homem bom que poderia ter mudado sua vida.

Sirena era distante e precisa. Rica em detalhes, falava como quem conta a história da melhor amiga. Acho que havia tanta dor em seu relato que podia visualizar todos os seus passos. A avó raivosa, para quem mulher só dá trabalho para criar. A mãe encantada com a casa cor de rosa. O padrasto rabugento. O olhar da vizinha, o desejo dos homens e sua vontade de deixar aquele mundo mesquinho para trás.

Sirena é aquela pessoa que tem pressa, que não sabe esperar. Acho que Sirena entrou no piloto automático, típico de quem tem segurança do que quer. Viu o tempo passando, sentiu o sopro da coragem e se viu pronta para enfrentar os novos caminhos que a vida traçava. Não se trata de arrogância e sim de muita confiança. Nada do que tinha lhe interessava manter: uma família preconceituosa, uma mãe submissa e um padrasto dominador. Nada disso lhe fazia falta. O futuro, por pior que fosse, seria melhor do que tinha naquele momento. Mesmo inteligente, seu maior predicativo era a beleza. Fez tudo que podia sem esconder sua beleza: namorou Rick, o garoto mais popular da vizinhança, conquistou Mauricio, o vizinho marrento que vivia cercado de mulher bonita, conheceu de perto e bem cedo a violência sexual exatamente porque era a jovem mais bonita do grupo, vendeu seu corpo a turistas estrangeiros por um preço melhor e foi reconhecida por suas vítimas pois sua beleza era inesquecível. Na cadeia Sirena sentia falta do colo da mãe. Nada mais fazia falta. Queria apenas a presença silenciosa de sua mãe. Aprendeu a medir a importância de falar e calar. O mesmo silêncio que condenou sua mãe por muito tempo é hoje um presente. Na cadeia bastam os beijos e abraços, os sermões ficam para outro dia. A maior lição que aprendi com essa história é que mesmo no mundo do crime há códigos de conduta e solidariedade. Madame, a cafetina, não a abandonou. Afinal, ela sabe como ninguém que a realidade para essas mulheres é cruel, pautada no prazer rápido e fácil, feito em lugares escondidos e discretos, onde tempo é dinheiro, portanto sem romance e conversa fiada. Alegrou-me saber que Mauricio não é querido ou respeitado; pelo contrário, é criticado por explorar sexualmente meninas jovens e inexperientes.

Depois de conhecer Sirena fico me perguntando como anda o futuro das mulheres bonitas. Há quem diga que elas são mais procuradas pelos homens. Diga-se ainda que homens e mulheres procuram coisas bem diferentes em seus parceiros. Para as mulheres, a aparência não é tão importante como para os homens. Queremos alguém generoso, paciente, cuidadoso, que ature nossas crises de TPM, que segure nossa mão quando estamos doentes, que repitam que somos maravilhosas mesmo fora do peso. Da mesma forma, somos mais tolerantes e muitas vezes flexíveis: aceitamos homens fora dos padrões de aparência e sucesso. Muitas vezes nos basta uma linda história de amor. Essa história não existe na vida de Sirena. Ela e sua mãe seguem juntas e em silêncio esperam um futuro melhor que quem sabe um dia virá.

As histórias dessas mulheres de algum modo me fizeram pensar na minha vida com minha mãe e minha irmã. Sempre pensava nas mães das presas. Me doía imaginar a dor dessas mulheres que visitam seus filhos e filhas. Nunca vou esquecer das filas enormes, das crianças rodeando Seu Lopes, do jeito humilde daquelas mães. As mães são sempre capazes de grandes gestos. Na fila de espera elas estavam sempre olhando para baixo, um misto de dor e resiliência, nunca criavam problemas, tinham sempre medo de que algo pudesse prejudicar seus filhos ou filhas. Mãe é mesmo algo sublime. A força e o amor contido nessas mulheres é algo que não podemos descrever, apenas sentir.

Já contei que nunca de verdade quis ser mãe. Hoje acho que sempre fui autocentrada. Meu irmão diria que esse é um jeito suave de dizer egoísta. Acho que ele tem razão, só quem é capaz de amar o outro mais do que a si mesmo pode viver intensamente a maternidade. Eu não sou essa mulher. Sempre pensei muito, conhecia bem meus limites, o que me fazia ser muito mais disciplinada e dedicada. Nas regras de uma família portuguesa e tradicional, talvez meu futuro e de minha irmã fosse outro. Mas Deus coloca as pessoas no lugar certo, basta que a gente consiga entender os caminhos da vida. Nasci num lar de uma mãe amorosa que valorizava o trabalho e que queria para suas filhas um destino diferente do balcão da padaria onde passou sua juventude fora da escola, por conta do preconceito de que mulher não tinha de estudar. Cresci vendo Fátima, minha irmã querida, ser a primeira da classe, ganhar medalha e se tornar uma mãe loba que lutou muito para engravidar e ter seus dois filhos queridos. Apesar de tudo, não deixou para trás seus sonhos e os de minha mãe, que queria uma filha professora. Hoje é uma educadora comprometida com seus alunos, certa de que a educação muda as pessoas e transforma o mundo, como diz Paulo Freire.

Quando éramos jovens ouvi muitas vezes: "Fátima é a mais bonita, você a mais simpática". No início isso era um fardo, mas com o passar do tempo fui ficando autossuficiente e nada disso tinha importância. Certa vez, num desses rompantes comuns em mulheres que sabem o que querem, ouvi a seguinte frase: "a única pessoa que tenho de agradar sou eu, pois é com ela que eu acordo todos os dias". Em seguida, uma mulher respondeu: "eu tenho mais sorte, pois acordo todos os dias com meu marido". Será?

Falo da beleza pois acho que o tempo torna a vida das mulheres bonitas mais dura. A realidade das marcas, a visão do espelho, faz com que o passado seja uma corrente que impede que o presente vire algo belo a viver no futuro. Foi isso que aconteceu com Afrodite. Assistiu em criança as infindáveis surras que a mãe levava do marido. Tinha pena da mãe, mas não a admirava por aceitar em silêncio tal condição. As surras da mãe lhe tiraram qualquer tipo de sentimento ou admiração pelo pai. Pelo contrário, ainda na infância decidiu que seu destino seria diferente. Também decidiu que, além da beleza, tinha de ter coragem e arrogância para vencer os desafios da vida. Junto ao namorado, faziam o casal de novela, brancos, bonitos e acima de qualquer suspeita. Curiosamente, sua branquitude e beleza típicas de quem não comete crime fizeram com que fosse reconhecida e presa por diversos roubos que praticou.

Na cadeia aprendeu a ouvir e a calar. Ouviu com respeito as histórias de presas mais velhas, como a tia que matou o marido para defender a honra da irmã mais nova. Aprendeu a aceitar conselhos e a dominar sua inquietude e hoje, quando o coração aperta por medo ou tristeza, procura o colo e em silêncio espera o tempo passar.

No meio do caminho Afrodite foi mãe. Falou pouco dos filhos, exceto quando lhe perguntei do que sentia falta. Para ela o destino se repetiu de forma irônica. Nem ela e sua mãe conseguiram planejar o futuro que desejavam para seus filhos. Aprendi que na cadeia o futuro é algo que não se planeja, apenas se deseja e se espera. Torço para que o tempo seja generoso com Afrodite.

Gaia é nome de cidade portuguesa. O que importa são as voltas do destino e para GAIA ficou a sensação de que faltou acontecer algo de bom. Foi presa por furto e teve a sorte de em liberdade conseguir um emprego mesmo na condição de ex-presidiária. Morava em Campos, se apaixonou por um capixaba. Apesar de tanto amor, continuou no crime e foi presa por tráfico de drogas. Sozinha, mandou os filhos morarem com os avós no Recife. Na audiência passou mal e descobriu que "estava de barriga". Gaia me mostrou como as mulheres são corajosas e corretas. Sabia que o namorado capixaba era um bom homem e que não queria se envolver com "gente fora da lei". Em silêncio permaneceu. Nunca procurou o pai de sua filha, mesmo ela tendo graves problemas físicos. É daquelas pessoas que são gratas. Reconhece a ajuda da Diretora do Presídio, que conseguiu que sua filha fosse operada ainda bebê. Hoje sozinha, chora pela filha que inspira cuidados e pelo filho que no Recife, ainda adolescente, se envolveu no tráfico e foi preso. Gaia foge dos erros que acha que cometeu, mantém triste seu olhar e, envergonhada, sabe que o futuro será duro, difícil e sem perspectivas.

Hoje é domingo. Dia de almoço na casa de mamãe. Depois que papai morreu, minha mãe nunca ficou um domingo sem um filho. Hoje foi um dia especial daqueles que permitem reunir numa só mesa as pessoas que amo. Não conte para ninguém, mas hoje é meu aniversário. Preciso de muito pouco para ser feliz. Não gosto de grandes comemorações, de "parabéns para você" ou de ser o centro das atenções. Há anos repito o mesmo gesto: almoçar ou jantar com minha mãe, meus irmãos e sua família, meus sobrinhos e afilhados.

Uma mesa com dez lugares, boa comida e uma taça de vinho é suficiente para me fazer feliz.

Nesse dia mais do que nunca bisbilhoto a vida dos meus sobrinhos. Sempre digo: "não tenho filhos, mas tenho sobrinhos e afilhados e isso é um presente". É em momentos como este que penso naquelas mulheres. Sei que não voltarei a vê-las. Torço para que o futuro seja generoso com elas e suas famílias. Espero que suas mães possam ter em breve a alegria de encontrá-las com um beijo longo e um abraço apertado do lado de fora da prisão.

Agora que essa história chega ao fim, deixo para trás o que vivenciei com essas mulheres: suas angústias, a preocupação com seus filhos e os sonhos agora aprisionados que esperam um dia realizar além das grades.

Apesar dessa história, elas continuarão invisíveis. Como não são deusas, seguirão sozinhas movidas por sofrimento, arrependimento e saudades dos familiares.

Na minha última linha me despeço repetindo uma frase que ouvi no burburinho da carceragem, no bate-e-fecha das portas e no eco da conversa das presas: "todo dia olho para o céu e penso: quando será o dia que eu saio daqui?".

FIM